JN056679

砂漠のファンタシア

ランナーの愛は灼熱の砂漠の彼方に

山草人

目次

砂漠のファンタシア …… 3
NZランニング紀行 …… 135
ブログ「山草人の老いらく日記」より …… 165
かれこれ三万里 …… 227

砂漠のファンタシア

ランナーの愛は灼熱の砂漠の彼方に

目次

第一節　人は時の旅人……6
第二節　命の華やぎ……11
第三節　神楽坂……34
第四節　吸血鬼は網野に……46
第五節　熱砂のナミビア……64

第六節　砂漠の音……86
――第一ステージ――死の砂漠へ……86
――第二ステージ――砂漠に架かる橋……92
――第三ステージ――難破船……103
――第四ステージ――運命の悪戯……107
――第五ステージ――砂漠の夕日……120
――第六ステージ――ウイニングラン……122
第七節　さらば思い出よ……126
あとがき……132

第一節　人は時の旅人

部屋の片隅に、しまい損ねた扇風機がポツンと残されている。その二階の部屋の窓から、勝也は深まりつつある秋の空を眺めていた。窓の外には、親父の残したガラスハウスが五棟連なって見える。もう夕暮れ時の薄ら寒い風に、勝也はブルブルッと身を震わせながら、

「まだ……、できるさ。」

と、そう呟いた。何ができるのか考えた訳でもなかった。ただ、つい数日前に七十歳を越えたばかりで、その古稀という響きにいささかたじろいでいたのである。

五棟の温室は父親がマスクメロンを栽培していたもので、勝也はそのハウス四棟にブドウを植え、残りの一棟ではホウレンソウを栽培していた。六十歳の定年を前にして、定年後の仕事にと始めていたことで、収穫したブドウやホウレンソウは、さして金になるわけでもないが、近くの朝市で販売する。そんな定年後の十年間が、瞬く間に過ぎ去っていた。

人は誰もが限られた人生という持ち時間を生きている。しかも時間とは生活そのものでもあって、こまごまとした日常を背負っている。だから普段はその流れにすら気付かない。持ち時間とはいえ、それは流れる川の水のように、記憶の泡沫をわずかに残しながらも、自ら留めることもかなわず流れていってしまうものだ。

「人生、二度なし……か！　俺にだって、心の底でキラリと輝くような、そんな時があったっていいだろう。」

と、キザっぽく言ってみた。キンモクセイの花の香りがほのかに漂っていた。人は単調な毎日を送りつつも、キラリと輝く非日常を求めて生きるものであるらしい。

勝也は、しごく平凡な市民ランナーである。さして速く走るわけでもないのに、全国各地で開催されるマラソン大会にいそいそと出掛けていく。ランナー仲間と出会うのが何よりの楽しみだし、走り終えた後の爽快感が忘れられないからだ。ランニングを始めたのは四十歳を過ぎた時期で、職場の昼休みに駿府城公園の内堀の周りを走ることから始まった。

勝也が走り始めた平成二年八月、この国の高度経済成長が極まって突然バブルが崩壊し、失われた二十年に突入することになるのだが、しばらくは何が起きたのか誰もが理解できなかった。しかし、住専各社の破綻や価格破壊と呼ばれるデフレ経済が普通の日常になった。やがて就職氷河期が訪れる。勝也の仕事にも次第に影響が及び始めていた。財政が逼迫し、仕事の進め方にも変化が現れ出した。その時勝也は、自分の生活も変えなければならないと、本能的に感じた。そしてその自分を変えるきっかけにしようと取り組んだのが、一人で始められるランニングだった。その初めは昼休みのわずかな時間だったが、無心に汗を流すランニングの開放感にいつしか病みつきになっていった。

そんなあるとき、ランナー仲間に誘われて初めてのハーフマラソン大会に参加した。ところが最初はテンポ良く走っていたのに、十五キロほどの地点で突然体が動かなくなってしまった。それでも足を引きずりながら、残りの六キロを歩いて、やっとゴールまでたどり着いたのである。その何とも不甲斐ない結果が次の大会に挑む動機になって、いつしか全国各地で開かれるフルマラソンの大会に参加するようになっていた。自分の限界に挑戦することの面白さに気付いたのである。それに大会が開かれるその土地の風土や独特の雰囲気、そして走る仲間との思わぬ出会いが勝也にとって新鮮な歓びだった。たかが走ることに過ぎないと思っていたマラソンが、勝也の前に新たな世界を期せずして広げて見せてくれたのである。そして、ランニングで体を動かすことが、いつしか勝也の日常を前向きにしていった。

人間の記憶というものは不思議なもので、困難に立ち向かうその途中の大変さは何故か忘れてしまい、やり遂げた感激だけが強く印象に残るものらしい。勝也も大きな達成感を求めるようになっていた。それが、一〇〇キロを走るウルトラマラソンであった。勝也が五十歳になった年である。出勤前の早朝ランや週末のトレイルランなど、二年間の準備の末に挑戦した大会が、日本一苛酷と言われる八ヶ岳野辺山一〇〇キロウルトラマラソンだった。自分の限界に挑戦する未知の世界だったが、ゴールゲート閉鎖一分前（十三時間五十九分）、沿道で見守る大勢の人達の歓声の中でゴールのテープを切ったのだった。とたんに熱くこみ上げるものがあって、涙で目の前が見えなくなった。その感動は生涯忘れられない充実の瞬間になった。自分の限界に挑戦して得られる達成感に、勝也は酔いしれたのである。それ以来、参加する一〇〇キロレースが年々増えて、最近では一月の宮古島、四月には富士五湖、五月の八ヶ岳野辺山と六月の飛騨高山、七月には日光、九月には丹後と各地の大会を渡り歩くようになっていた。定期的にウルトラマラソンを走ることが、日常生活の中での重要な節目になっていたのである。

そんな時ある大会で、隣を走っていた女性と思いがけず意気投合した。それがひと回り年下の時枝であった。時枝とは不思議なほど気が合って、以来、お互いの再会を心待ちにするようになっていた。そしていつしか、ウルトラマラソンが二人の逢瀬の場になり、全国各地の大会を二人で楽しむようになっていた。

とは言え、団塊の世代の一人である勝也は、もうじき七十歳を迎える。ひと昔前なら、余命いくばくもないとされた年齢である。人生百年時代とされる昨今、古稀はまだまだ通過点のはずだが、自分がその年になろうとしていることに少しばかりたじろいでいた。同年代の中でも自分はかなり若いと思っていたのだが、少しずつ限界を感じ始めていた。ウルトラマラソンを制限時間内に完走することが、次第に難しくなりつつあったからだ。定年退職してから十年、退職後に勤めていた職場を辞任したばかりでもあって、気分が幾分下向きになっていた。

マラニック（マラソン＋ピクニック）で走り抜ける小夜（さよ）の中山に、西行の句碑が建てられている。句碑には「年長けて　また越ゆべしと　思いきや　命なりけり　小夜の中山」と刻まれている。〝この歳になって再びこの峠を越えるとは思いもしなかった、生きているものだなぁ〜〃という句なのだが、勝也にもその西行の気持が分かるような気がするのである。思えば子どもの頃の学校はすし詰め教室、そして受験戦争、長じては熾烈な出世競争、バブル崩壊や失われた二十年もあった。だが、勝也の人生はおおむね順風だったのではないか。それに長年ウルトラマラソンを走ってきた勝也にとって、体力の若々しさは自慢であり自分自身だった。そんな折の古稀という節目は「さて、この峠をいかに越ゆべきか」といったところだろうか。ともあれ、時の流れに身を任せてここまで来たのだが、その流れに輝きを求めようとすれば自ら行動する他ないのである。人は時の旅人なのだ。時には多少の困難を乗り越えて行かなければ先には進めないだろう。

第二節　命の華やぎ

古稀を迎えたとはいっても、勝也の体力や気力に衰えの兆しは何ほどもなかった。むしろ、何か新しいことに挑戦したいという気持が強かった。ひと昔前の七十代の男なら、好々爺への道を易々諾々として歩むのかもしれない。しかし勝也は、間違いなく軽くなっていく自分の未来をもっと大切にしたいと思っていた。岡本かの子の歌に「年々に　わが悲しみは　深くして　いよいよ華やぐ　命なりけり」とあるように、年と共に過ぎ去っていく時の流れを切なく感じていたし、キラリと光る何かを求めていたのである。それは、時枝のあの笑顔でもあるし、まだ見ぬ何かを求める冒険の旅でもあった。

そんなある日、温室でいつものようにホウレンソウの種を蒔いていると、スマホに時枝からのラインが届いた。そこには「軽井沢に行きたい。」とあった。「あそこの有名な万平ホテルに泊まってみたいの。暫くあなたと会っていないから、いいでしょ。」と催促している。デートの誘いはそれまで大抵が勝也からで、時枝からの提案は珍しいことだった。勝也にとって軽井沢はこれまで縁のない所で、しょせん金持ちの避暑地だろうと思っていた。だが、近頃は若者があふれ、恋人達のメッカになっているらしかった。

よく晴れた晩秋の午後、二人は軽井沢駅に降り立っていた。人口二万人足らずの田舎街にしてはかなり立派な新幹線の駅舎を出て、軽井沢銀座と呼ばれる一角を目指して二人は手を繋いで歩いている。手を繋ぐことによって、お互いの信頼を感じさせるほのかな安らぎを感じていた。母親に手をひかれて歩んだ子供の頃のような、あの温もりが心地よかった。

時枝はひと回り年下だが、歳の差よりもかなり初々しさを感じさせる女だった。丹後のウルトラマラソン大会で知り合って、親しくなってからもう三年余りになる。快活で疲れを知らない生命力と前向きな気持ちを絶やさない女で、それが筋肉質な体とも相まって、いつしか勝也にとってかけがえのない存在になっていた。

やがて小ぎれいな店の立ち並ぶ通りに来ると、銀座の歩行者天国さながらに人々が群れていて、しかもその多くが二十代と思われる若者達であった。体の線がわかるキュッと締まった小粋な衣装に身を包んで、青春を謳歌している若者達の様子を横目に、高度経済成長を担って仕事に没頭してきた自分の青壮年期を少し悔やんでいた。同じ一生なのに、時代がその生き様を少しずつ変えていくのである。

商店街の中ほどに古い写真館があって、勝也はその前で足を止めた。ショーケースに飾られた一枚の写真に、心惹かれたのである。その写真は、七十代後半と思われる夫婦が大正時代のような古風な衣装を着て、日傘の下で微笑んでいるものだった。写真館の営業戦略なのだろうが、あえて昔のドレスとタキシード姿で写真に納まったのは、どういう心境だったのか。単なる旅の思い出づくりだったのかもしれない。だが、この軽井沢での自分達二人を、この時代のどこかに留めておきたいという衝動に駆られたのに違いない。ともあれ、写真の二人は新緑の軽井沢の林に溶け込むように写っていて、遥か昔の風景であるかのように思われた。

写真館の真向かいに、軽井沢で人気一番とされるパン屋があった。時枝が「入ろう」と言うので、「軽井沢でなぜパンなのか?」と半信半疑で奥に進むと、そこにはシックなコーヒースタンドがあった。

「軽井沢は二度目なの。学生の頃に来たことがあってね。何にも変わってないわ。それでもあの頃より若い人が随分増えているかなぁ〜」

「俺は初めてだけど、すごい人出だね。もっと静かな所かと思っていたのだけど、これじゃまるで東京のド真ん中の、しかも田舎ってとこだな。でも、こんなに人が多いとむしろ時ちゃんがすごく近くにいる感じだよ。」

「ね、ねぇ〜、明日この峠の先まで走ってみない。」

などと話しているうちに、オーダーしたカプチーノが出てきた。勝也は一呼吸おいて、おもむろにカップを鼻の先に引き寄せ、

「う〜ん、いい香りだ。」

と呟いた。すると時枝も
「ほんと、いい香りだわ。あなたと来られて良かった。」
と相槌を打つ。しかし実は勝也の嗅覚には、何の香りも感じていなかった。廃用性萎縮とかいって、あまり使わない機能は歳と共に衰えるそうで、代わりに目や舌が鼻の代わりをする。何となく香りを感じた気にさせてくれるのだ。だからなんら不自由はないが、それは老化の一つのバロメーターに違いなかった。
店の外に出ると、すでに陽が西に傾いて、黄昏が迫っていた。それでも通りは相変わらずの賑わいで、人ごみの中を二人は肩を寄せ合ってホテルに向かった。レトロホテルとして知られた万平ホテルである。明治二十七年、軽井沢に初めてできた洋式ホテルで、初代万平の心づくしのもてなしが外国人の評判を呼んだという。そもそも軽井沢は中山道の宿場だった所で、明治維新以降はすっかり寂れた寒村に過ぎなかった。その軽井沢に避暑地としての魅力を見いだしたのが、カナダ人宣教師アレキサンダー・クロフト・ショーだった。二代目万平が神学校に通うなどしてショーとの親交を深め、本格的なホテルへと発展させたのが今日の万平ホテルだ。とは言え、林の中に建つ建物は山小屋かと思わせる造りで、半開きの扉をギギーっと押して中に入ると、薄暗いフロントはあくまでも黒く沈んでいた。
「随分古風なホテルだわね。ひょっとするとバスタブは昔のアレかしらねぇ？　ほらっ、マリリン・モンローが入っていた泡一杯のバスタブだったりして！」
「まさか！」
などと言いながら、二人は赤い絨毯を踏んで二階の部屋へと向かっていった。少し暗い階段の踊り場には、西側の壁にあるステンドグラスから赤い光が差し込んでいる。その光が二人を温かく包んでいた。窓の外には、もうかなり葉を落とした林が連なっていた。部屋に入ると
「あらっ、特別豪華って訳じゃないのね。でも何だかいいわね。」と声を上げる時枝に
「うん、機能美っていうのかな。何も無駄がないだろう。それにゆったりと落ち着くじゃない。そうだな～、時ちゃんと同じだよ」

「何それ、私が古ぼけているってこと？」

「そうじゃなくって、そのぉ～君の体のようにスマートで、熟れて官能的だってこと。」

時枝は頬を幾分上気させて、弾力のある体を勝也にすり寄せてくる。その時枝を受け止めながら、軽く唇を吸うとすぐに押し戻した。ディナーの時間が迫っていたし、その前にこのホテルのミュージアムを見ておきたかったのである。

ミュージアムは、ホテル一階の半地下にあった。物置を改造したのか、さして広くない空間に幾つかの展示があって、かつてこのホテルで会談したキッシンジャーと田中角栄、それに並んでジョン・レノン夫妻の宿泊時の写真が展示されている。

「みんな死んじゃったよな。どんどん時は過ぎ去って行くね。」

「えっ、小野ヨーコはまだ健在じゃない？」

「あぁ、そうだったか。それにしても、ビートルズは昔の話になったね。俺が二十代の後半、ミュンヘンに行った時の事さ。夜の街を歩いていると、通りのあちこちにストリートパフォーマーが立っていてね。それで、ギターを抱えたミュージシャンに、「イエスタデイ・プリーズ」なんて言って、円陣を組んで歌ったことがあるよ。あれはミュンヘンでオリンピックのあった年から間もなくだったから、もう四十年以上前のことになる。光陰矢のごとしって言うけれど、ホントにそうだね。」

としみじみと想い出しながら、

「そうだなぁ〜、俺達はこのホテルの、そういう昔に丸ごと包み込まれているって感じだよね。こんなにシックな雰囲気のホテルに来られたのは、時ちゃんのお陰だな。今夜はとびっきりロマンチックな、そう……俺たちの思い出に残る夜にしようよ。」

ホテルのレストランは、年代物のシャンデリアが放つ控えめな光の中にあった。ほんのり暗い部屋の窓には、ライトに照らされた白壁が庭の向こうに浮かび上がり、しっとりと落ち着いた雰囲気を醸し出していた。ディナーのテーブルに着くと、勝也は「ワインを……」と言って、幾分高価なボトルをオーダーした。今夜は久しぶりの二人のひとときを、少しリッチな夜にしたいと思ったのである。勝也と時枝が顔を合わせるのは、マラニックやマラソン大会を除けば二カ月に一度程度だ。ゆっくり逢いたいと思ってはいても、お互いの仕事や行事があって、事情はそう簡単ではなかった。しかし、やっとと言うべきか、勝也はこの数カ月前にすべての公職を辞任して、人生の自由を謳歌しようと考えていた矢先であった。

人は、自由を求めて生きている。そのくせ、その日常は決して自由ではないのが常だ。

およそ自由だと思える学生時代だって講義や試験があって、職場には職場なりの規範やノルマがある。人はいつの間にか、その置かれた環境に自分を適合させ、その許容された幅の中に自由を探すのである。しかし今、勝也はなにものにも拘束されない自分の自由さを、心底味わっていた。

ほのかに緑を帯びたその白ワインに、古風なシャンデリアの輝きが映っている。そのグラスを掲げて「二人の、これからのために」と軽く合わせてグラスを口に運んだ。ワインには、舌が感じさせてくれる十分な香りがあった。

「私ね、小説を書こうと思っているの。もちろん短編だけどね。」

と時枝が目をキラキラさせながらゆっくりと語り始めた。

「私たち兄弟は、母親に早く死なれちゃったでしょ。だから、ほとんど父に育てられたの。ずいぶん可愛がってもらってね。それなのに、思春期には父親の男臭さに反発してね。娘と父親って普通はうまくいくものらしいけど、私は駄目だった。仕事も頑張ってきた人で、ずっと私達のために働き続けてね。実は、母が死んで暫くしてから父に恋人が出来たのだけど……、結局その恋人とも別れて、子どもを育てるのだけが生甲斐だったのよね。その父親も結構な歳になるのだけど、最近めっきり体が弱ってきてね。戦中戦後を生きて来て、しかも再婚しなかったのだから……。その父親と私のあるエピソード、これはまだ秘密だけど、それを上手く包んで書けば、きっと小説になるのではないかと思って……。」

「ふう〜ん、そりぁ素晴らしいことだけど、書いた短編はどうするの？　周りに配って終わりじゃ、何だかもったいないよね。」

「そう、それで実は千葉県に同人誌を主催している知り合いがいてね、その同人の仲間に加えてもらおうって思っているのよ。」

「そうか、そりゃ凄い。でも小説は、短編の方が難しいって言うぜ。」

「うん、そうかも知れない。でも、父の生きたしるしを、私なりに何かの形で残したいの。父は私が外に出歩くようになってから、極端に口うるさくなってね、それでいつも反発していた。この歳になって、ほら、親の気持ちが分かるようになったのかな。人間の一生って案外あっけないし、大変な時代を生きてきたお父さんに何か恩返しがしたいの。ほら、人間って死んで十年もすれば忘れられちゃうでしょ。お年忌に行って、お酒飲んでそれで終わり。それじゃ、寂しくない？」

「そうだなぁ、俺の親父も死んでもう十年になる。中国の戦地で死にそこなったりもしたけど、復員してきて俺が生まれた。やがて町の顔役になって、町議会の議長をやったりしたその親父も、町の老人会長を最後にすべて引退したら、一気に張りをなくしてアッと言う間に死んじゃった。結局残したのは、選挙の時に使ったポスターの、その遺影だけだよ。人生って、何をやって何をやらなかったか、それがすべてなんだよな。思い出がほんの少し残るだけでね。君のお父さんの人生、その生きたしるしが残せるなら、そりぁいいねぇ。」

勝也はそう語りながら、既に七十年あまり生きてきてしまった自らの人生を思っていた。

「好きで歳を取ったわけじゃないけど、俺も昔風に言うと古来稀な年齢になっている。人間はみんな、自分だけは何時までも生きると思って過ごすものらしいけど、それは錯覚だね。人生は実際に過ぎてみると短いものだよな。もっとも私の場合は、君と出会ったお蔭で青春を二度やらせてもらっていると言うか、人の二倍も得難い時間を過ごしていると思っている。君と出会ってから、人生がとってもドラマチックになったしね。」

「そうそう、あの写真館の時代がかった写真、あの夫婦は、きっと時代のどこかに自分達をクリップしておきたかったんじゃないかな。この軽井沢には何だかアンバランスなところがあるだろう。寂れた僻地の寒村が、にわかに高級別荘地になってね。昨日まで牛を飼ったり畑を耕していた人が人気のケーキショップをやっていたり、ハニー叔父さんなんて称してハチミツ売っていたりして。そのアンバランスが、時の流れを感じさせるんだな、きっと。」

「自分でも信じられないのだけど、この俺が古稀になったんだぜ。無我夢中で働いてきたと思っているけど、よく考えてみるとまだ何もやっちゃあいない。時チャン、そもそも人生って何だと思う?」

「えっ、難しいけど、それは生きた過程かなぁ～?」

「うん、結果的にはそうなるけど、私の知っているお寺の坊さんが、『人生は、今・ここ・自分だ』って言うんだ。人にはそれぞれ持ち時間があるだろう。命とは、その自分が使える時間のことだって。だから今、ここにいる瞬間、その連続、それが人生だってね。」

「確かにそうだけど……、じゃあ私達は何のために生きているのかしら」

「ううん……、人間だって犬や猫と同じ生き物だから、なぜ生きるのか考えても、特別な意味なんてないと思う。ただ生まれてきた以上、精一杯生きるように仕向けられている。犬や猫と違うのは、人は目的がないと前に進めないって事かな。もっともその目的は、子どもの頃のママに好かれたい気持から始まって、次から次へと移り変わっていくけどね。ほら、マラソン大会が終わると、次はどこの大会を目指して頑張ろうかって思うよね。目の前の目標を追いかけていって、それでその時々を輝かすことが出来れば、それはきっと素晴らしい人生さ。時間は目に見えるものじゃないけど、今を生きているって実感は分かるだろう。この命の時間を輝かすのが、人生の極意じゃないかって思っているんだ。」

「それに時チャン、俺達は今、ちゃんと輝いているぜ！　お互いに与えられた命を、最後の一瞬まで使い切らなきゃ。それに幸せは、どこか外にあるのではなくて、俺達の心の内側にあるんだよね。君と出会って本当にその事を感じているんだ……」

と言い始めてフッと我に返って辺りを見まわすと、レストランに残っているのは二人だけになっていた。時枝を促して廊下に出ると、お互いの手をまさぐり合ってつなぎ、会話の余韻に浸りながらゆっくりと階段を登っていった。

部屋に入ると改めて時枝を抱きしめ、その耳たぶを口に含んでいた。男の耳元には時枝の熱い息が漏れてきて、そう……、若者のように一刻も早くお互いが欲しかった。時枝の体は良く鍛えられて筋肉質で、しかも小娘のように若々しく均整が取れている。その乳房も十分に張りを残していて、勝也は唇で愛おしむようにその乳首を吸いながら、全身を優しく愛撫する。時枝はその愛撫に全身で応えていた。それはまさに青春であって、やがて二人は愛の深淵へと落ちていった。

時枝は勝也の左腕に抱かれて、既に静かな寝息を立て始めていた。その横顔を眺めながら、二人の関係も「残り四年、いや五年が限度かな?」とそう思う。勝也は七十歳になっても全国各地のマラソン大会を走り続けているし、セックスを含めた体力だって若い頃とさして変わってはいない。頭髪が薄くなって見かけは年寄りっぽくなったが、気持ちはまだまだ若者気分である。「だが、人はどう見るだろうか。……と言うよりも、そんな年配の男と付き合う女の気持は果たしてどうだろうか? やっぱり五年が限度か。」などと逡巡しているのであった。もちろん愛し合う二人の時間を失いたくはないが、それはまさに未練と言うものだろう。

朝の明るさが、ほのかにカーテンの間から差し込んでいた。時枝は、昨夜のまま素っ裸

で眠っている。男は、そのたおやかな腰のくびれが何とも愛おしく、青春を慕うかのようにそっとさすってみた。すると時枝は
「おはよう。もう朝？」
と呟いてニッコリと微笑み、顔を男の胸に沈めて唇を押し付けてきた。勝也はその体を少し強く抱きしめると、自分の思いを振り切るように
「せっかくの軽井沢だし、朝飯前に少し走ろうか。」
と言った。
時枝を促して通りに出ると、うっすらと霜が降りていた。ヒンヤリとした晩秋の朝の通りは、昨日の賑わいとは打って変わって静まり返っていた。軽井沢銀座から別荘地の間を抜け、峠に向かって登っていく。幾分息を荒くしている時枝に
「あの峠の向こうのトンネルまで行こう。」
と言いながら、走る力はまだ時枝に負けちゃいないと、自分の若さにどこか安心していた。
「おはようございます。先ほどはとっても軽快に走っておられて、恰好良くていいですわね。ホント羨ましくなりましたよ。」

と、レストランで声を掛けてきたのは、隣のテーブルの七十代の夫婦である。気さくなその奥さんと違って、親父の方はムスっと黙っている。幾分歳の離れた二人の関係を詮索しているかの様でもある。時枝はそんなことは気にもせず、明るく

「私達、ランナーですから。いつも走っているんですよ。」

「そうですか、とっても若々しくって、羨ましいですわよ。」

と受け答えしている。軽井沢は半ば若者に占領されてはいるが、やはりそれなりの大人の別荘地なのであった。

軽井沢には、千住博の美術館がある。白樺の林の中に真っ白な建物があって、中に入ると、大きなガラス窓から美術館とは思えないほど明るい日射しが差し込んでいる。千住の作品の中で、圧巻なのが水であった。どこの滝がモチーフなのか、流れ落ちる水が舞い上がる水煙と共に描かれていて、それはまさに時を止めたかのようであった。その絵を見ながら、時枝は「自分達の時間も止めたい。」と思った。そして、勝也の手をそっと握っていた。

「昨夜は、とっても幸せだった。だって一晩中、あなたに抱かれていたのよ。体がほ

てってね、この幸せがずっといつまでも続いて欲しいって、そう思っていたの。この滝の絵のようにね。あなたと出会ってから、私は自分が楽しくなったの。だって、人生でこんなの初めてだもの。」

「俺だって、同じだよ。本当はもっと……若いうちに出会いたかったと思わないでもないけど、それは贅沢ってものかもね。」

　時枝は、中学校の英語教師である。夫は高校の数学の教師で、校長の世話で夫婦になった。男女二人の子どもに恵まれ、その子ども達は既に家を出て独立している。夫は寡黙で少し神経質な男で、退職してからは週に二日ほど私立高校の講師として出掛けている。だが普段は、朝から碁会所に通う毎日だ。既にセックスレスで、夫婦はつかず離れずの関係になっていた。時枝はそんな夫を横目に、自分はもっと違う定年後を過ごそうと考えていた。これまで散々働いてきたし、それなりに貯金だってある。これまで出来なかったこと、もっと語学を磨いて世界遺産を訪ねる旅や秘境の冒険、海に潜ったり山に登ったり、出来ることは何でも精一杯やってやろうと思っていた。時枝は、生徒達に英語をどうやって面白く学ばせるかずっと腐心してきた。その努力もあって、子ども達にはかなり好かれていた。だけど、謹厳実直で地道な教員生活に変わりなく、自分の人生に少しは華やぎが欲しいと思っていた。

そんな定年後を見据えて始めたのがマラソンで、いつしかウルトラマラソンに挑むまでなっていた。エントリーした最初の大会が三年前の丹後ウルトラマラソンだった。そこで運命的な出会いをしたのが勝也であった。その出会いが、次々と自分を思いもしない世界へと導いてくれたのだ。時枝は、時を止めたかのような千住の滝の絵を前にして、この三年余のことを思い返していた。

勝也は、あちこちのウルトラマラソンを走っているベテランランナーだった。時枝は、イカ釣り船の明かりが浮かぶ夜明け前の日本海を右手に、琴引浜近くを走っていた。海岸段丘の激しい登り下りに息を弾ませていた時枝に、「先はまだ、ずうっと長いよ。もっと、ゆっくり行こうよ」と話しかけてきたのが勝也だった。ヘッドライトに照らされた勝也の顔は日に焼けて、ひと回り歳が違うのに自分と同じ年代かと思われた。やがて二人は打ち解けて、朝日が昇り初めた夕日ヶ浦を並んで走っていた。その時、勝也が思いもよらない話を始めた。

「時ちゃん、浦島太郎の物語は知っているでしょ。彼が船出したのはこの辺なんだよな。それでその、浦島太郎の本名を知っている?」

「えっ、本名って浦島太郎でしょ。」

「いや、あの浦島太郎の物語は丹後風土記が元になっていてね、風土記には浦嶋子と書かれているんだ。嶋子はこの辺の豪族で浦氏の当主だったらしい。」

「嶋子って……、女なの？」

「いや、そうじゃなく、蘇我馬子とか……その昔は子を付けて呼んでいたのかな。その嶋子が、助けた亀の背に乗せられて竜宮城に行くわけだけど、そもそもこの日本海には小さな亀しか生息していないんだ。青ウミガメは太平洋側にしかいないし、とてもじゃないけど小さな背中になんて乗れない。実はあの亀の背の話は、亀甲占いが吉と出てってことなんだ。大和朝廷から嶋子に唐へ行ってくれないかとの要請があって、一族でも賛否両論さ。唐に行くったって、何しろ当時は月に行くような話だからさ。それでウワミズザクラの板の上に亀の甲羅を乗せて吉凶を占ったって訳だ。それが吉と出てね。」

「ふう～ん、それでどうなったの？」

「それで、この近所の何処かから船出をして、唐の都に着くと鯛やヒラメの舞い踊りってわけさ。彼の地では、遠来の朝貢団を日夜持てなしてくれたのだね。それはともかく、舟が難破したりして、嶋子は容易に帰ることが出来なかった。苦節十数年、乙姫様から玉手箱を貰ってやっと帰ってくる。すると故郷では遙かに月日が流れていて、知った人すら少なくなっていた。それで、玉手箱を開けると、煙と共に老人になっちゃったって事になっている。」

「実は、この丹後には浦嶋神社があってね、そこの御神体が玉手箱なんだ。その玉手箱の中に何が入っていたと思う?」

「ええっ、煙になっちゃったのだから空っぽよ。」

「そうじゃないんだ。その中には、稲作の技術書が入っていたのだよ。そもそも、浦嶋子は彼の地の稲作技術を学ぶために派遣されて、その先進技術を学んで帰ってきた。だから嶋子は、帰国してからこの瑞穂の国の浦々を行脚して、稲作技術を伝授して歩いたんだ。彼の訪れた所では米の収穫量が倍にもなったものだから、そりゃぁ神様になって、全国各地に浦嶋伝説ができたってわけだ。だけど、そうこうするうちに歳を取って、故郷に帰る頃には白髪の老人になっていたってことかな。人間は時の流れには勝てないからね。浦嶋子は自分の時間を地域おこしで使い切ったってわけだ。」

「そんな話、初めて聞いたわ。学校で子ども達に話してやろうかなぁ〜」

「いやぁ〜、中学生にこの話が分かるかな? でもまぁ、この風土記の話を、浦島太郎の童話に誰が翻訳したのか、その才能に感心しちゃうよね。」

勝也の魅力は、その飾り気のない真摯な真面目さだと思った。教員仲間にも面白い人はいるけれど、勝也のように真正面から人生に向かって行動している人は多くはなかった。先生仲間にはない魅力、勝也にはそれがあると思った。

時枝はその日、勝也のエスコートもあって、初めて一〇〇キロを完走した。その感激のゴールで、次回は二人で「秋田内陸一〇〇キロマラソン」に行こうと約束したのだった。

二カ月後のその秋田内陸マラソンは、角館をスタートして奥羽本線に沿って鷹巣にゴールするかなりタフなコースだ。その日、角館のホテルに別々の部屋を取っていた。二カ月ぶりの出会いがとても楽しみで、ウキウキしながら夕食を共にした。そこでの勝也は八ヶ岳や沖ノ島、宮古島でのレースでの出来事を語ってくれた。一〇〇キロのレースには、それが大変な分だけ物語がある。やがて
「明日は、午前二時半の出発だったよね。」

その声に促されるように立ち上がり、

「明日は私一人でも、きっと完走するからね。おやすみなさい。」

と言いながら部屋の前で、少し力を込めて勝也にハグしていた。

秋風にススキの穂がなびくのどかな田舎道。その沿線の村々では地元の人達が集まって温かな声援をおくっている。だけどコース前半の五十キロは、ずっと内陸に向かう大変な登り坂だった。一緒に走り始めた勝也だったが、やがて「ゴールで待っている。」と先に離れていき、時枝は黙々と一人旅を続けていた。コースの半ばを過ぎると下り坂に入るのだが、その辺りからびっこをひき始めた。足は鉛のように重くなり、体のあちこちが痛くなった。「止めよう」とささやく自分の声を振り切りながら前に進んでいた。ゴールの制限時間は十四時間。その関門の時間が刻一刻と迫っていた。「あきた北空港」の地下を潜るトンネルを抜けると、右手に鷹巣の町の灯が見えてくる。もう薄暗くなった町の入り口では、若い衆が巨大な太鼓を「ドォ～ン、ドォ～ン」と打ち鳴らしている。関門まで残り五分、時枝は倒れ込むようにそのゴールにたどり着いた。そこには勝也が腕を広げて待っていた。時枝は、泣き顔でその胸にむしゃぶりついていた。

宿に帰って、二人で完走祝いをした。自分を誇りたいような、不思議な自信と満足感に満たされていた。

「絶対にリタイアしないって頑張ったの。あなたの顔を見るまで、もう必死だった。それにこの秋田内陸は、丹後の時よりとっても厳しいコースだよね。」

「そう、俺も大変だったさ。あの大覚野峠まで内陸に向かってずっと登りだろう。俺は十三時間でゴールしたけど、もうヨレヨレだった。そうそう、あのスズメバチは大丈夫だったの？」

「えっ、スズメバチって、何かあったの？」

「六十キロ辺りに赤い橋があっただろう。その橋の下にスズメバチが巣を作っていたらしい。その巣を俺達ランナーが大勢でドンドンって橋ごとゆらすものだから、奴らはたまらずに襲ってきたんだな。ちょうど俺が橋を渡りきった頃、後ろで「わぁ〜」って悲鳴が上がってね、結局、十七人が刺されたんだって！　間一髪で助かったって訳さ。」

「そうだったの。私はあなたより一時間も遅かったから……。あなたがが刺されなくて良かった。そう言えば、消防車と法被を着た人達が大勢いたわ。蜂の襲撃もそうだけど、ウルトラマラソンって何が起こるか分からないよね。体も心もドラマだと思う。いろいろあったけど、あなたが待っているって思うから頑張れた。ホントよ。」

その夜、時枝の体は使い古した雑巾の様にくたくたに疲れていた。だがその体の芯には、何時になく熱いものが湧いてくるのだった。人生には、幾つもの分岐点がある。その分岐点に立って決断できるのかどうか。それが人生の分かれ目だが、思い切らない限り新たな前髪はつかめないものだ。時枝は、今がその時だと思った。そして次の瞬間、隣の部屋のドアの前に立ち、ためらいを拭うかのようにドアをノックしていた。

「今夜はあなたと一緒にいたいの。一人じゃ……」

と言い始めると、勝也は時枝を抱きしめ、耳元でささやくように
「俺が君の部屋へ行こうかって迷っていたところさ。良かった。」

と言って、時枝を優しく招き入れてくれた。

あれから三年、時枝は確かな華やぎをずっと感じていたのである。

「私達の幸せな時間を、この滝の絵のように止めてほしい。」

勝也の横顔を眺めながら、時枝は切なくそう思うのであった。

第三節　神楽坂

軽井沢へ行った翌月、勝也は神楽坂の赤城八幡神社にいた。時枝が今度は東京で会おうと指定してきた場所である。メトロの神楽坂駅で電車を降りて少し歩くと、そこにはガラ

ス張りの社殿があって、社務所の隣が神社の経営する喫茶店といういかにも東京の神社なのである。神社で十時に落ち合って神楽坂の通りをぶらぶらと歩き、昔の花街にあるエトランゼという洒落たレストランでフレンチを食べようという約束だった。勝也は神楽坂の少しレトロさの残る佇まいに見入りながら、時枝の笑顔を待っていた。

しかし十時を過ぎても時枝は現れなかった。律儀な女でこれまで約束に遅れたことなど一度もなかったのに、一向に姿を現さない。約束を勘違いしたのかと、時枝にメールを送ってもメールが返ってきてしまう。時枝のスマホに電話しても、「使われておりません」と繰り返すばかりであった。何処からか「会えて良かったぁ〜」と元気な声が聞こえるような気がするのだが、何時まで待っても時枝の姿は見えなかった。とにかく、時枝に何か異変があったのである。その何かの予感に、勝也は次第に怯え始めていた。考えられるのは何かのトラブルだが……、二人の関係が問題になって……。などと勝也はいささか狼狽えていた。しかも間抜けな話だが、勝也は彼女の住所すら知らなかったのである。目黒だと聞いてはいたが、二人の絆がわずかにスマホだけの繫がりだったことに彼自身唖然とする思いだった。やむなく神社の喫茶店に入って、次々と訪れる参拝客をうつろに眺めていた。

やがてレストランを予約した時間が近づき、なんとも空虚な気分のまま一人で歩き始めていた。時枝が予約したエトランゼを見つけて、店内を見渡しても姿はなく、時枝からレストランへの連絡もなかった。テーブルについてみたものの水を飲むばかりで、もう料理の味などどうでも良かった。「何かがあったのだ。」「何かが！」それは、一体何なのか。

それきり時枝と連絡が途絶えたまま二週間が過ぎた。しかし時枝の消息は、思わぬところで勝也の知るところとなった。毎月ランナー仲間が集まって「人生を学ぶ勉強会」を開催している。森信三の修身講義録を教材に人生談義をするサロンだが、その勉強会の途中で主催者の久保田が

「東京の時枝さんが交通事故で重体らしい」

ともらしたのだ。

「何でもランニングの途中に、横断歩道で右折してきた車にはねられたらしい。大腿骨と骨盤損傷で重体だって。もう彼女は走れないだろうな。人生いつ何があるか分からないよね。だから人生は、「今」「ここ」「自分」さ。それを大切に生きるってことが肝心だよね。それが実際にはなかなか難しいのだけどね。」

と話している。だが勝也にとって、人生談義などはもはや上の空だった。どうやら事故は、勝也との約束の前日の事らしかった。一時は命も危ぶまれたらしい。「それで……、連絡がなかったのか。」勝也の心中は複雑だったが、それでも消息が知れて半ば安堵する気持が残った。だがそれ以上の詳細を知る術もなく、見舞に行くことすら出来ない自分が何とももどかしかった。

それから一カ月が瞬く間に過ぎ去った。その日、毎日のようにもし時枝に繋がったらと掛け続けていたスマホの呼出音に反応があった。咳き込むように
「時枝さん……」

と叫ぶと、幾分張りはないが確かに時枝の声が聞こえてきた。

「私、はねられちゃって、連絡も出来なくってごめんなさい。」「骨盤にボルトを入れて人工骨でつないだの。それで先週から車椅子で動けるようになって。今さっき、病院の前

のショップでスマホを買ったの。私を跳ねたおばさんが良い人でね、毎日やってきて「すみません。すみません。」って、謝って帰っていくの。動く練習も少しずつしているし、体はもう大丈夫。だけど走るのはもう無理。一生走れないって。それに……私、何だか変なの。うつ病の薬を飲まされているけど、自分が自分じゃないみたいで……。」

と一人でしゃべっている。どうやら今回の事故は、時枝の精神にも大きなダメージを与えたようであった。

「私ね、いつか砂漠を走ろうって思っていたの。それから南アフリカのコムラッズマラソンにも出ようって。それがみんな駄目になっちゃった。何だか、風船が弾けちゃったみたいで、私の気持ちがどこかに行っちゃった。」

「子どもの頃父親がね、私を寝かしつける時、決まって歌ってくれたのが月の砂漠でね。月の砂漠を～、二人並んで行きました……♪って、砂漠ってどんなにロマンチックな所かって思ってね、それで何時かは砂漠に行きたかった……。」

時枝は時々しゃくり上げるように、か細く一人話し続けていた。勝也はやっと連絡が取れた嬉しさどころか、今度は時枝の精神を気遣わねばならなくなっていた。無事な顔を見たいのだが、時枝はひたすら今は会いたくないと言うばかりだった。

その夜、時枝とのこの三年余りのことをあれこれと思い起こしていた。ハラハラドキドキしながら、デートに漕ぎ着けたあの日の事。古女房とは全く違った魅力が時枝にはあって、時枝が欲しいと思い続けた時期の事。初めて同衾して、めくるめくように過ごしたあの秋田内陸マラソンでのこと。それ以来勝也は、時枝と二人で青春をやり直していたのである。それは、生きていて良かったというか、まさに人生が華やいで、面白いと実感できる日々だったのである。しかるにその幸せの日々が、突然の事故で失われようとしていた。わずか三年の付き合いなのに、勝也にとって時枝の存在は、いつしか生きる甲斐にまで膨らんでいた。人生に事故やトラブルはつきものだが、それが自分の身に降りかかるなどとは普通は考えないものだ。だが時枝の身に思いもかけず起こった事故は、意外な形で男の残りの人生を変えていくことになった。

あの弾むように動き回っていた時枝が、車椅子を余儀なくされ、容易にはうつ病から抜け出せなくなっている。今は元気な俺だって、この先何年生きられるのか分からない。それにいつかは、呆けることだって心配しなきゃならない年齢だろう。

「やるなら今だな。」

勝也はそう呟いていた。人は誰もが自分が自分の年齢よりもずっと若いと錯覚している。

いつでも、何でも出来ると思って生きている。

「だけど、それは幻想だな。」

時は絶え間なく流れて過去がそれだけ重くなり、未来が次第に軽くなっていく。それが道理なのである。そしてやがて自分の老いに気付いた時には、諦めと悔いを残して命脈が尽きるのではないか。そんな怯えにも似た心境になっていたのである。

翌日、勝也は朝からパソコンの前に座り込んでいた。砂漠を走る大会、グレートレースに関する情報を集めたかった。ネットを開いていくと、世界の三大砂漠（アフリカのサハラ（ナビブ）、モンゴルのゴビ、南米チリのアタカマ）とそれに南極、その過酷な環境を走り抜くグレートレースが紹介されていた。そこには自然と人間の壮絶な葛藤が、大自然の中に身を晒して走るランナー達の姿があった。勝也は僅かに身震いし、鼓動の高まりを覚えていた。

主催者である「4th deserts」のホームページを読み進むと、七十歳までがエントリーできる年齢と記されている。

「やるなら今回が最後か！　ラストチャンスだ。」

勝也はそう呟きながら、時枝が砂漠を走りたかったのなら、俺が代わりに走ってきてやろうと考え始めていた。否、時枝の代わりもさることながら、砂漠にはこれからの自分に必要な何かがあるのではないか。人生の面白さは、そのために払った犠牲やリスクの大きさと比例するのではないか。冒険もしないで、面白い人生などあり得ないのだ。人間は生きている以上、いつかは死ぬ。だけど、どうせ死ぬからって何もしなかったら、無気力で悲惨な人生になるだろう。それは七十を過ぎたからって同じことで、何もせずに生きるとしたら、自分を捨てたのも同然だ。そこから、自分の人間としての崩壊が始まるのではないか。ただ、それが古稀になろうとする自分に出来ることなのかどうか不安だった。しかし次の瞬間、躊躇もなくエントリーの手続きを始めていた。勝也は、今時の古稀がいかなるものか、それを試さなければならないと確信を込めて思ったのである。

翌日からの勝也の行動は、それまでとは打って変わって鋭敏になっていた。早朝の一時間は、英会話に没頭する。英会話などことごとく忘れていたが、何とか急ごしらえで大会に間に合わせようと考えていた。砂漠レースは、世界中の人達との出会いの場でもあって、英会話くらいはある程度出来なければなるまい。英会話の後は、近くの小笠山の杣道を三時間余り走ることを日課にした。大きなリュックサックを買い求め、背負う荷物を少しずつ増やしていった。砂漠のレースでは、七日間の食料や寝具、防寒具や医薬品など、必要なものはすべて自分で背負って走らねばならないのである。勝也の体はまだ十分に、その毎日の訓練に堪える力を残していた。

やがて桜の花が散り、お茶の新芽が活き活きと伸びて、茶園に香るような風が吹き始めていた。もうあの事故から半年になるのだ。時枝に会いたいとそう念じながら、

「君の代わりに砂漠に行くことにした。それでいろいろと準備している。少し歩けるなら逢えないだろうか?」

とメールをした。すると意外にも

「ほんと!　こんな怪我人でも逢ってくれるの?」

と返信があった。約束の場所は鎌倉であった。

その日、鎌倉駅で待っていると、時枝は松葉杖で体を支えながら電車を降りてきた。勝也の顔を見るなり

「逢えた!　やっと逢えたね。」

と、あの半年前と変わらない笑顔を見せた。

「ちょっと太ったね。」

と言いながら、時枝を支えてタクシーに乗せ、長谷寺に向かっていた。長谷寺の観音堂に

は、怪我を治すという賓頭盧尊者像が祀られていて、時枝の体の平癒祈願をしたかったのである。車を降りて寺の入り口で、

「車椅子を借りようか?」

と言うと、時枝は軽く首を振って、

「今日はあなたと一緒だもの。歩きたいの。」

と言う。その長谷寺の広い境内は、桜やアジサイの新緑で溢れていた。

「ねっ、ねっ、もうすっかり歩けるでしょう。」

時枝は努めて陽気に振る舞っている。しかしあの事故から半年、時枝の何かが微妙に変わっているのを感じていた。

春爛漫の鎌倉は、どこも混み合っている。寺の近くのレストランに入って、二人は改めて向き合っていた。何度も逢っているのに、六カ月ぶりの逢瀬は少しぎこちなく、時枝は少し遠慮がちだった。

「どう、少し疲れた?」

と切り出すと、

「どうってことないわよ。もう体は大丈夫だって!」

と肩に力を込めている。

「それでどうなの？　砂漠は大丈夫？」

と切り返してきた。勝也は俄然
「そうなんだよ。装備品を集めるのが大変でね。例えば、医療キッドだけど、みんな香港からの輸入さ……」

と話し始めていた。勝也は夢中で話している。だが時枝は時々目を宙に泳がせ、心なしか落ち着かない様子である。それに気付いた俊郎は、

「どこか静かな所に行こうか！　この近くにホテルがあるから。」

と時枝を促した。事故以来、少しわだかまっている二人の距離を縮めたかったのである。

だが時枝は、

「ううん、もう駄目よ。体がね。それに私、何か変なの。何だかとっても不安になって……、どうして良いのか分からなくなっちゃうの。」

と俯いて
「今日は逢ってくれてありがとう。とっても嬉しかった。」

と力なく言う。やはり、かなり疲れた様子である。人は心に秘めた夢をなくすと、心の焦

点を失って心身共に虚ろになるものらしい。

バネが付いてぴょんぴょん跳ねるように敏捷だった時枝が、少しの間に幾分太って、走ることはもちろん、歩くことすら満足に出来なくて苦しんでいる。時枝の心のどこかに、不自由な自分の姿を勝也にさらしたくないと言う気持かあったのだろう。人はそれぞれ自らの体温や脈拍を元にして物事を感じ考えている。その時枝の心がどこにあるのかくみ取りきれず、祈るような気持で時枝の顔を見つめながら、

「俺の胸の中に戻ってこい。俺達の人生はまだまだ長いのだ。」

と心の中で呟いていた。ひたすら尻込みする時枝を前にして、それでも時枝が確実に快方に向かうだろうし、鬱病だっていつか必ず直ると信じたいと思った。


時枝は、勝也に送られて江ノ電に乗った。電車は少し混みあっていて、松葉杖の時枝に気付いた若者二人が立ち上がって席を譲った。ところが座った時枝の目には、その二人を見上げながらとめどなく涙が溢れていた。戸惑う二人をよそに、時枝の思いは勝也の優しさに甘えなかった自分が腹立たしく、無性に悲しかったのである。本当は勝也の胸に抱かれたかったのだ。

「もうきっと逢えない。」

そう思う気持が、体の奥底から涙を込み上げさせるのだった。

第四節　吸血鬼は網野に

初夏と言うよりも真夏のように暑いその日、勝也は日光に遠征していた。杉並木の日光街道や東照宮、中禅寺湖や鬼怒川温泉などを巡って走る日光一〇〇キロウルトラマラソンに参加するためである。砂漠でのレースのためには、暑さに馴れることが必要だと考えたからだ。未明に宿を出て、午前四時にはスタート会場に入る。勝也がそのほの暗い体育館に入っていくと、自分に注がれている強い視線に気が付いた。その視線は確かに自分に向かって注がれていて、しかも美しい女性の視線であった。こんなところに知り合いがいるはずもないと訝りながら近づくと、

「あなた、何でこんな所にいるの?」

と女性が語りかけてきた。その声にやっと、帽子を目深にかぶって目をキラキラと輝かせ

ている女性が、時折マラニックで顔を合わせる春本明枝だと気が付いた。

「何だ、明枝さんか。そう言えばここはあなたの地元だったよね。いやぁ～、突然美人に声を掛けられたからびっくりしちゃったよ。それに明枝さん、若々しくってとってもかっこいいよ。」

「そうよ。かっこ良く走りましょう。お互いに頑張ろうよ。」

二人は、それぞれの荷物を指定場所に預けに向かって、人混みの中で別れ別れになってしまった。次に明枝と顔を合わせたのは、スタートして十キロほど走った先の日光東照宮の傍らであった。

「良かったよ、あのまま別れてしまったんじゃ寂しいからね。」などと話しながら並んで走る。やがて行く手はいろは坂に差し掛かろうとしていた。明枝が
「あのね。今度、下野街道を走るマラニックを計画しているの。下野街道は知ってるでしょ。ほら、会津から江戸に向かう江戸時代の街道よ。戊辰戦争の舞台にもなったし、来年はその戊辰戦争から百五十年になるの。歴史好きのあなたの趣味に合うでしょう。是非来て欲しいのよ、あなたに。どうかしら?」

と約束を迫ってくる。

「下野街道かぁ～。下野街道も良いけど、それよりも明枝さんの元気な顔が見られるのなら。それは走る価値があるよな。」

と言っていると、明枝は登り坂に掛かって息を切らせ、

「もぉ～駄目、ついていけない。あなた、先に行って。」

と急な登り坂に喘ぎながら後退していった。一瞬、自分も一緒にペースを落とそうかと思ったが、いろは坂はレースの勝負どころである。勝也は気持ちを入れ替えて、どこまでも続く九十九折りの坂道を、自分の活力を確かめるかのように力強く、テンポ良く登っていった。

会津は紅葉が美しい。明治維新後の占領政策の結果なのか国有林が多く、植林が進んでいないために山が丸ごと紅葉するからだ。その秋の気配が深く漂い始めた十一月はじめ、勝也は明枝に誘われた下野街道に立っていた。東武鉄道会津田島駅に降りて、そこから会津までの六十キロ余りを走るのである。江戸時代の風情をそのまま残している大内宿などを巡って、会津温泉に泊まるマラニックだ。勝也は伊達政宗や上杉景勝、そしてまた近世では吉田松陰も辿ったというその杣道を走りながら、不思議な男に巡り合うことになっ

た。その男は豪放磊落（ごうほうらいらく）な性格で、大きなバックパックを背負い、なぜか後ろに雨傘を一本挿し込んで走っていた。その風体から、放浪の画家山下清を思わせた。歳の頃は七十代の前半であろうか。何でも一代でホテル事業を起こして、今は会社を息子に任せて会長に退いているらしい。

一日のマラニックが終わって、風呂で汗を流してから懇親会場に行くと、末席に明枝が座っていた。勝也は

「ここ、いいよね。」

と言ってその隣に腰を下ろした。

「明枝さん、今日はありがとう。会津に来て良かったよ。それにしても、あの日光で出会った時には、あなたとは分からなくて、どこの美人だろうかって。実はあの時胸がドキドキしていたんだよ。俺はナイーブだし、体育館はかなり暗かっただろ。」

などと軽口を叩いていた。そこにあの雨傘男が入ってきて真向かいにデンと座った。

「あら、岩原さん。お疲れ様。私の自慢のコースは、いかがでした?」

と明枝が正面を向いた。その岩原と呼ばれた男は、

「椅子はないだろうか?」

と言った。痛風で座布団に座れないのだという。

「岩原さん、美味しいものばかり食べているからでしょ。それにしてもウルトラランナーらしくないわね。そんなことで、今度のグレートレースは大丈夫？」

「いやさ、痛風とランナーは関係ないよ。どうもそういう体質らしい。あの増田明美も痛風だって言うぜ。そりぁさ、海老や蛸は好物だけどね。それはともかく、このマラニックに来て良かったよ。塔のへつりも良かったけど、あの大内宿が今日まであの形で残ったのは、ありゃ奇蹟だね。それに加えて俺が感激したのは氷川峠だよ。あのか細い峠を伊達政宗がどういう顔をして通ったのかって想像してねぇ。それから戊申戦争で官軍もあの峠を越えたわけだろう。だけど何万もの官軍が会津に入るのは、あれはいかにも杣道だし、時代の勢いを背負っていたとはいえ、なかなか難しかったじゃないかな。ここはまさに近世の歴史の舞台だね。それを一気に走れたのだから爽快だったよ。」

「良かった。多分、歴史好きの岩原さんのことだから、いろいろと感じてくださると思っていました。それじゃ、今夜はゆっくり飲んでくださいな。それに久しぶりだしね。」

とビール瓶を指し出す。そこに
「グレートレースって、岩原さんはどこを走るのですか？」

と、勝也が割って入った。慌てて明枝が、

「こちらは、私の大好きな勝也さん。岩原さん、よろしくね。」

と少しふざけて紹介した。

「最近は、グレートレースばっかりでね。去年は、サハラ砂漠の二百五十キロを走ったよ。NHKが二時間番組で放送したけど、俺も少しばかりその画面に出ていてね。来月はパタゴニアのジャングルを二百五十キロを走ることになっている。その練習のつもりで今日は十キロのバッグを背負って走らせてもらったよ。」
と言った。あの大きなリュックには、七日分の食料やら寝具、衣類や消毒薬などが詰まっているらしかった。
「そうですか。それは驚きました。それで、失礼ですが岩原さんはお幾つになられます?」
「まだ七十二になるところですよ。俺の人生はず

うっと走ってきた人生でね。昔……、本当にもう随分昔になっちゃったけど、学生時代に学連のワンゲルの頭をやっていたことがあって、それで何人も人を殺しちゃってね。いやなに、俺が直接殺したってわけじゃない。だけど当時のワンゲルにはそう言う雰囲気があってね。かなりきつい訓練をやって、それが当たり前だった。俺は、その先頭に立って走っていたってわけさ。それで、バンパイアなんて呼ばれてね。仲間からは「お前が一番先に死ぬ」って言われていた。だけど、人生それからいろいろとあってさ。主だった奴で今生き残っているのは、なぜか俺だけさ。俺が世界のあっちこっちを駆け回っているのも、死んじまったみんなの分を背負っているって気分が幾らかはあるからさ。まぁそれはともかく、世界はとんでもなく広いよ。」

と、そこまで言って吸血鬼らしくもなく岩原はにっこりと微笑んだ。

勝也は、少し自惚れていた自分を恥じていた。少しばかりウルトラマラソンを走るからって、俺の体は頑健だなんて思い込んでいやしなかったか。一〇〇キロを走るのは、それはかなり大変だが、訓練を積み重ねれば誰だってできることだ。要はやるかやらないかの違いに過ぎない。この岩原は自分の仕事を十分すぎるほどやり終えて、なおかつ過酷なレースに挑戦し続けている。十日後に出発するパタゴニアには、山や谷を越え、ジャングルで野営を続ける七日間のレースが待っている。それに背負っていく十キロを超える荷物は、想像するだけで重過ぎるではないか。果たして自分にその真似が出来るだろうか。確かにこいつは吸血鬼と呼ばれた男だ。ニコニコ笑ってやがるけど、とんでもない野郎だ。などとアルコールの酔いに任せて、岩原の顔を睨みつけるように眺めていた。

そんな俊郎の心を見すかすかのように、岩原がまた口を開いた。

「この歳になるまでいろいろやってきたけど、何をやって、何をやらなかったか。それが結果として、そいつが全部自分の人生なんだよな。人間、いつまでも生きられるわけじゃない。生きている限り、いつかは死ぬ。どうせ死ぬからって何も求めないのは、それは自分を捨てるのと同じだよね。だったら出来ることをどんどんやるしかない。そりぁ俺も三十の中頃までは、行け行けドンドンだったね。だけど考えてみるとその辺がピークでね。事業にしても遊びにしても、少しずつ下り坂に入っていた。ほら、平仮名の「への字」なんだなぁ～、人生は。ピークまでは急勾配を登るけど、その後は長い下り坂を下っていかなきゃならない。俺もその坂を下ってきてね、結局人生は、その長い下り坂をどう下って行くのか、その下り方こそが醍醐味だと思う様になったってわけさ。それに人間って奴は、いつも何か夢を追いかけていないと駄目だな。何かを追いかけることで、それで気持ちのメリハリが保てるのだと思う。ほら、あの学生時代に歌ったなぁ～、昭和ブルース。何にもせずに死んでゆく、それが俺には辛い～のさっ～♪　てね。何もしないのじゃ、この世に産んでくれた母さんに申し訳ないよ。俺もそんな気持ちでずっと走ってきたのさ。おぉ～、何だかしんみりしちゃったなぁ。」

岩原は、そこまで一気にしゃべって、向きを変えて宴席に溶け込んでいった。春本明枝は、もうとっくに幹事役の久保田と談笑していた。

マラニックの後の懇親会はいつも愉快で、共に同じ汗を流した仲間同士だから屈託がない。皆とあれこれ語り合うだけで疲れが身体から抜けていく。この夜も囲炉裏を囲んで二次会まで続いたのだが、頭のどこかで酔うことができなかった。再び風呂に浸かって布団に入ってみたものの、岩原の言った「何もせずに死んでゆく」という言葉が繰り返し浮かんでくるのだった。

あの岩原という男の活力はどこから湧いてくるのだろうか？　財力もさることながら、次から次へと自分を限界へと駆り立てていく。並みの人間というものは、知らず知らずの間に自分自身を型にはめてしまうものだ。やりたいことをして、やりたくないことはしない。そうやって、自分の殻に籠ってしまう。現に俺だってそうだ。マラソンを楽しんできた延長線上にウルトラマラソンがあって、単にそれを走ることがさも特別であるかのように思っていた。それが古稀の声を聞いて、俺はもうこんな歳になったのかって気付いて、いささか狼狽えている。勝也にとってのこの七十年は、紆余曲折、幾つもの転換点は確かにあった。だが高度経済成長のお陰で、貧乏百姓の小倅が広い世間に出て、精一杯躍動してきたのである。そして定年退職して生まれ育った故郷で晴耕雨読の原点に帰っている。それが勝也の選び取った何の変哲もない人生行路だった。自分ではかなり頑張ってきたと自負もしていた。それが齢七十になって、このまま静かに余生を過ごすのでは、それはあまりに虚しいと思い始めていたのだ。

その夜、勝也は浅い眠りの中で夢を見た。大きなリュックを背負って砂山を登っていく夢である。そのリュックには雨傘が一本さし込んであった。

それからの勝也は、冷たいからっ風の吹く日も雨の日も、山の中を走ってトレーニングを続けていた。やがて早咲きの桜が咲き、春の兆しが日一日と感じられる様になったその日の朝、勝也は姫路駅に降り立っていた。あの会津で出会った岩原から「ランニング仲間が集まって、牡蠣パーティをやるから来ないか。」との便りがあって、それで遙々やってきたのである。それに折角の機会だから、牡蠣パーティの前に姫路の書写山を見物しようと考えていた。電車を降りてバスの便を確かめようと駅構内の観光協会に立ち寄って、あれこれパンフレットなどを探していた。すると後ろから控えめな声で

「勝也さん？」

と声がした。

「えっ」

と振り返ると、

「あぁ、やっぱりあなただった。人違いかと思って……。」

と、ベレー帽をかぶった女は言った。なんと那須の春本明枝だった。六十を少し超えているのに、ベレー帽が明枝をかなり若々しく見せていた。

「えぇ～っ、なぜこんな所であなたに逢うの？　驚いたなぁ。栃木から遥々ここまで来

たってことは、ひょっとしたら牡蠣を食べに来たのかしら。そうだよねぇ。」

どうやら、パーティ主催者の岩原には人を引き付ける何かがあるようだ。勝也と同様、明枝も姫路観光をと考えていたのであった。

「勝也さんは、今からどこに行くの？」

「うん。書写山に行こうと思っている。もし良かったら明枝さんも一緒に行かない？」

「書写山って……？」

「国の特別重要文化財に指定されている古刹でね、西の比叡山とも言われている書写山円教寺。ほら、映画のラスト・サムライのロケ地にもなった所だよ。武蔵坊弁慶もいたことがあるし、秀吉の中国攻めの拠点だった。この地域では中々の歴史の舞台なんだよ。」

「そう〜、おもしろそう。一緒に行くわ。連れて行って。」

明枝と姫路バスに乗り込んだ。終点の山麓駅で降りると、そこから書写山にはロープウエーで登るのである。そのロープウエーの椅子に並んで座りながら、

「さっき、弁慶と縁のある寺だって言ったよね。弁慶が義経の家来になったきっかけが、この寺と関係していてね、その理由はなぜだと思う？」

「うーん、義経と弁慶は、あの五条の橋の上で初めて出会ったのよね。分からないわ

よ。」

「それさ、弁慶がなぜ義経に襲いかかったのかだよ。実は千振の刀を集めるって目標を弁慶は掲げてて、それを天神様に誓願していたのさ。それで義経の持っていた太刀が欲しくて、その刀を奪うために襲いかかったってわけだ。なぜ太刀が必要になったかというと、弁慶の不始末で焼けてしまった円教寺を再建するために金が必要だったんだ。」

「えぇ〜、お寺を再建するために弁慶は強盗をやっていたの？」

「そうなんだ。弁慶は関白藤原某の子孫だけど、破天荒な男でね。」そんな話をしているうちに清水の舞台を彷彿とさせる摩尼殿に着いた。さほど信心深くもない勝也だが、摩尼殿に参詣して丁寧に祈願する気持になっていた。願い事は、「砂漠のグレートレースを完走して、無事に帰国できるように」ということだ。

円教寺は、四十メートルもの長大な大食道や大講堂、開山堂など夥しい数の堂塔が立ち並んでいて、とてつもなく広い。その広い境内を歩きながら、

「弁慶は比叡山に居づらくなってここに逃げて来たらしい。それにこの円教寺は広大な寺領があったから財政的にも豊かでね、ここにはたくさんの坊主が暮していたのさ。それが戦国時代になると、秀吉が坊さんをみんな追い払って、中国攻めの大本営にしたんだ。

それで西の比叡山と呼ばれたこの寺も一気に衰えた。その後何度も再建されて、今でもこんなに豪壮な堂塔が残っているのだから凄いよね。」

「そうねぇ、こんなに時代がかっているのだから、映画のロケ地になるわけだわ。こんな大きな寺があるなんて知らなかった。」

などと語り合っていた。

大講堂の前まで来ると、明枝が立ち止まった。

「随分大きな建物ね。何に使ったのかしら?」

「坊さんが集まって学ぶところかな。実は弁慶の物語は、この講堂から始まっていてね、弁慶が修行中にここで居眠りをしたのさ。その居眠りしている間に、顔に落書きされるんだ。それを知らずに「只今、修行を終えました」って偉い坊さんに報告に行って大失態さ。それが元で信濃坊とやらと大喧嘩になって、囲炉裏の火の燃えさしを投げつけたら、この講堂の軒下にスポッと挟まってね、講堂は全焼してしまったってわけ。そこからの弁慶の行動が奇怪だけど、この書写山の堂塔すべてに火を付けて焼いてしまうんだ。結局、全山消滅って事になるのだけど、見境のない男だったんだよね。こうと決めたら歯止めがきかなくなるみたいな。俺にもそんなところがあるけどね。」

「えぇ？　とんでもない話じゃない。弁慶のイメージ、変わっちゃった。」

「それから弁慶は五条の橋の上で義経と出会って、結果として義経の運命まで変えてしまったってわけさ。」

「そしてここが弁慶達が勉強していた講堂だ。」

「ふぅ〜ん、ここでねぇ。勉強って言えば、勝也さん達は定期的に難しい勉強会を開いているのよね。時々あなたのブログで拝見しているけれど、立派だなぁ〜。なかなか真似出来ないことよ。」

「そう、勉強会が始まってもう四年になるかな。毎回、森信三先生の修身講義録を題材にして、楽しくやっているというか、集まって語り合うのが良いんだね。テーマは少し難しめだけど、みんなの話を聞いているとそれが易しくなる。弁慶のように大喧嘩もしないしね。ただそれがなかなか修養にならないっていうか、教養で終わってしまう。勉強会で大切なことを学んだとしても、それが身についたかというと、必ずしもそうではない。それで自ら行動することにしたのさ。砂漠のグレートレースに挑戦して自分を試してみようってね。」

「うわぁ〜、凄いわ！　あなたの理屈が凄いわよ。」

　姫路から岩原のホテルのある網干までは、電車で一時間余りである。網干駅は瀬戸内海に面した漁師町の匂いが残る駅であった。岩原が経営するホテルは、駅から歩いて十五分ほどの海岸沿いの切り立った崖の上にあった。眼下の海には幾つもの牡蠣養殖の筏が浮かんでいた。パーティーは、その牡蠣棚から牡蠣を選りすぐってきて、腹いっぱい食べようという趣向である。既に五十人ほどのランナーが集まっていた。しかしその中で勝也の顔見知りは明枝と岩原だけだった。岩原は参加者の間をあちこち飛び回っている。だから明枝との会話が多くなって
「まさか、ここであなたと一緒になるなんて思いもしなかった。あの日光の時も驚いたけど、今回はもっと驚いたよ。でも遙々よく来たよね。」

「岩原さんのホテルに泊まってみたかったの。それに何かしらねぇ、それは、きっとあなたと同じだわよ。」

「それで、砂漠に行く準備は進んでいるの？　いろいろ大変でしょう。」

「そうなんだ。三十品目もの必須装備品リストが届いてね、揃えるのにひと苦労さ。それに七日分の食料を含めると十数キロの重さになってね、重いリュックに体を合わせるっていうか、実際に体験してみないと分からないことが多いんだ。それで、少しでも情報が

欲しくてここに来たってわけさ。明枝さんは今年はヨーロッパに行くって聞いたけど、どこに行くの?」

「ツールドヨーロッパのコースを辿って、フランスからロシアまで歩こうと思っているの。」

「エッ、じゃあ仕事はどうするの?」

「仕事は三月いっぱいで辞めることにしたの。会社は引き留めてくれたけど、あなたが言ってたように、人生って結構短いかもしれないって思ってね。今なら多少の無茶もできるし、ほら、仲間もいるしね。」

「そんなこんなで、今日は岩原さんから何か教えてもらえるのではないかって、遥々来ちゃった。」

明枝は、聡明さの中にいたずらっぽさを漂わせた顔を輝かせながら、ヨーロッパの旅を語り始めていた。

そこに牡蠣を笊いっぱいに盛り上げて、岩原がやってきた。

「牡蠣だけは山ほどあるからね。どんどん平らげてよ。お二人さんとは下野街道以来だね。遠く網干まで来ていただいて感激だよ。」

と鉄網の上に次々と新しい牡蠣を乗せていく。

「それから……、聞いたよ。今度行くんだって？　砂漠に。なぁ～に、今は随分安全なコースになっているし。俺に出来たんだから大丈夫さ。心配ないさ。」

と、勝也の不安気な顔を見越して励ましている。

「それで、背負っていく荷物は揃ったかい？　何しろこのレースは、スタートラインに立つまでがひと苦労だからな。装備品が揃っていないと走らせてくれないしね。食料もあんまり減らすと、ひもじい思いをしちゃう。それに何よりリュックを体に馴染ませておかなきゃいけない。」

「ありがとうございます。少しずつ荷物を増やして、いま特訓の最中ですよ。でも背中にリュックの同じところがコツンコツン当たって、これが痛くって……」

「あぁ～、それね。人間の知恵なんて何ともたいしたことはないね。そのいい例がリュックさね。メーカーはもっともらしく、背中の部分に波型のクッションを入れて、これで暑さ対策ができたって自満している。だけど我々ランナーにとっては、その結び目の部分に大苦労している。長いこと背負っていると、少しずつ背中が擦れてやがて赤裸になっちまう。何にもないノッペラボウなら、こんなに苦労することはないのだけどね。そうだよね、人生と良く似ていてね、僅かな摩擦が時間の経過と共に大きなダメージになっていく。俺もリュックを体に慣らすのには随分苦労したよ。」

やはり岩原の言葉には、いつものように人生が混じっていた。勝也は傍らに積み上げられた牡蠣殻を眺めながら、砂漠に向かう決意と覚悟が本当に自分にあるのかと自問していた。

第五節　熱砂のナムビア

砂漠レースは、二カ月後に迫っていた。その日、勝也は東京舞浜のレストランに来ていた。砂漠レースに参加する日本人ランナーの結団式を兼ねた懇親会である。メンバーは八人と聞いていたが、過去の大会に参加したメンバーもいて二十人程が集まっていた。大方が集まった頃、日本事務局を任されているサンディーが前に立って話し始めた。彼女はまだ四十歳位だが、どこで学んだのかバイリンガルで数カ国語を使いこなす。

「皆さん、お集まりいただいてありがとうございます。レースまで残り二カ月になりました。まだお見えになっていない方もいますが、砂漠経験者も何人か参加していますので、その折の苦労話や工夫などを聞きながら大いに交流して、五月のレースに向けて準備してください。それでは、今度のサハラレースの完走を祈念して乾杯しましょう。」

不安いっぱいで参加した勝也だったが、会は和やかに始まって、いつしかいつものマラニックの懇親会のような親しみを感じ始めていた。参加者の顔ぶれは大部分が四十歳前後で、どうやら勝也が最年長であった。いやもう一人、肌のつやつやとした精悍な六十歳位の男がいた。それが、コンサルタント会社を経営している福岡県の高田であった。スマートな身のこなしが板についた男で、

「向こうに行ったらよろしくお願いします。どうやらロートルは我々二人のようですね。」

と勝也が言うと、

「私も本当は不安いっぱいでね。どうかよろしくお願いします」

と返してきた。

「なぜナビブ砂漠に行くことにしたのですか?」

と尋ねると、

「いやなに、自分を試してみたいっていうか、人間は誰かに認めてもらいたくて生きているところがあるでしょう。それに砂漠という異次元の世界に飛び込んで、自分自身が納得したいってことでしょうか。だって砂漠じゃ、何が起こるのか分からない。だけど何も宇宙にいく訳じゃなし、そんな未知の時間を一生に一度くらい経験しても良いだろう、そう思ってね、清水の舞台から飛び降りる気になったたってわけですよ。」

と語り始めた。そこに一人の女性が遅れて入ってきた。その女が勝也の顔を見るなり

「エッ」

と絶句した。女性はマラニックや登山で何度か一緒になったことのある里山澄江であった。勝也が驚いていると

「私ね、この三月で定年退職するの。それで、その思い出に砂漠に行こうって思ったの。だって四十年近く真面目に働いてきたのだから、思いっきり自由を謳歌したっていいでしょう。とにかく忘れられない思い出を作ろうと思ったの。」

そして、知り合いを見つけてホントに安心したと付け加えた。澄江は時枝と同じ歳だ。あの松葉杖で過ごしている時枝と、奇しくも同じことを考えていたのだ。勝也は思わぬ巡り合わせを感じていた。

結団の会が進むにつれて、いつしかロートルの三人がテーブルに向き合っていた。お酒のせいで勝也の口はだいぶ軽くなっていた。

「キザかもしれないけど、私は常にキリンの首にあやかりたいと思っているのですよ。とかく人間は愚痴ったり、他人の悪口を言ったりして自分を慰めて生きている。だけど私は駄目で元々だと思って、あの高い樹の葉っぱを食べてやろうってね、懸命に首を伸ばす方なんです。少しずつ、少しずつね。ほら、英語で人生は「life」だけど、人生を強調するときには「walk of life」って書くでしょう。人生は日々の生活の仕方ってわけだ。何もせずにだらだらと無為に日々を過ごせば、それなりの人生。困難を承知であれこれに挑戦して、その山を一つひとつ越えていくのも人生でしょ。私は断然後者だから、今回もこの挑戦をしようと考えたんですよ。」

出会いの挨拶の続きのつもりだった。すると高田が口を開いた。

「私はね、実は人生なんて何にも考えちゃいないのですよ。六十歳の節目を迎えて、何かやらなきゃいけない。それで何ができるか試してみようって、それが今回の挑戦なのです。ナルシストなんですよ、私は。人は誰でも究極のところで自分が可愛いのだと思う。だから気の弱い人は、自分の殻に閉じこもってしまう。でも私は逆でしてね。敢えて飛び出していって、血路を切り開くって生き方ですね。私はクリスチャンじゃないけど、ほら聖書には隣人を愛せよってあるでしょう。私はあんなの嘘だし、欺瞞だと思う。自分をさらけ出せないヤツが、他人を愛しむことなんて出来るわけがない。まぁ、理屈はともかく、私は今、ナビブ砂漠の二百五十キロを走り通すことだけを考えています。皆さんも同じなのでしょうが、まず砂漠の二百五十キロがどんな世界なのか、究極の場面に自分が立ってみる。それでお互いにゴールを迎えることが出来たなら、素晴らしいじゃないですか。ゴールではそれこそ思いっきり抱き合って、お互いの頑張りをたたえあう。それが俺達の隣人愛なのでしょうね。」

と難しいことを言い始めていた。そこに澄江が

「お二人とも随分いろいろとお考えなのですね。私なんか何にも考えちゃいませんよ。」

「それより、私達三人だけがシニアのようだから、三人でチーム組みません？　日本のジジババ・グループ。」

すかさず高田が

「いいねぇ、それで何て名前にするの？」

と反応している。

「二人とも最初からワンワン吠えあっているでしょ。だから、もう絶滅しちゃったけど『Japan Wolf』ってのはどお？」

「澄江さんは知恵者だね。それで決まり。砂漠は一人じゃ心細いから、三人仲良く一緒にゴールしようよ。」

そんな話をしているところへ事務局のサンディー女史が、ランニングウエアに縫い付ける日本国旗と大会のパッチを手渡しながら三人の前に座った。

「皆さん、随分気が合うみたいですね。もう、分からないことはないでしょう。心配なことも全部聞いていってよ。」

と言いながら、

「砂漠では靴に砂が入ると、足の皮が剥けてしまって走れなくなりますからね。それに蒸れる靴も駄目。」

と、砂除けの方法や豆対策などについて説明している。装備品はほぼ整ったし、一緒に走る仲間も出来て、勝也はこれで準備は九割方整ったと思った。

レースまでの残りの二カ月は、気の急くまま瞬く間に過ぎ去った。そしていよいよレースの拠点となるナムビア共和国のスワコップムントに向かう日になった。その日の朝、療養中の時枝に電話を入れた。だが呼び出し音が虚しく続くだけだった。少し胸騒ぎがしたが、リハビリで汗を流しているのだろうと思い直し、メールを書いた。

「いよいよ今から砂漠に出掛ける。何が起こるのか不安いっぱいだけど、君の分も走ってくる。きっと完走賞を持って帰るから。帰ったら会おう。」

と書き送った。時枝からの返信は成田エキスプレスの車中に届いた。そこには、

「小説を書いたの。それが同人誌に載ってね。お父さんのことが気にかかっていたのだけど、肩の荷が下りました。私も一緒に砂漠に行きたかった。お帰りを待っています。私は大丈夫。」

とあった。

成田空港に着いて南アフリカ航空のカウンター近くにいくと、澄江が勝也を見つけてホッとしたような眼差しで大きく手を振っていた。近寄ってハグしようとすると
「大変なのよ。飛行機が遅れている。」
とそれを押しのけながら困惑顔で言った。ナムビア共和国には香港で乗り継いで、南アフ

リカのヨハネスブルク経由で入ることになっていた。だが電光掲示板を見ると、搭乗予定のＳＡ一四三七便は一時間五十分遅れと表示されていた。香港でヨハネスブルクに向かう航空機に五十分で乗り換える（トランジット）予定だった。既にそれが困難になっていたのである。当初の予定は、最初から狂ってしまった。航空会社のカウンターで相談すると、すぐシンガポール便に乗って、シンガポールでヨハネスブルク行きに乗り継げば何とか間に合うという。早く早くと急かされるままに、二人は駆け足で機上の人となった。

座席に座ってホッとしたのも束の間、不安は次第に膨らんでいった。機内アナウンスの英語がさっぱり聞き取れなかったのである。「こんなことではあの広い空港で乗り継ぎなんてできない」と隣を見ると、澄江は既に眠っている。飛行機は午前二時にシンガポール空港に着いた。シンガポールでは乗継便の搭乗時間まで三十分しかない。しかし案ずるよりも産むが易し、飛行機を降りるとそこにはカートが待っていて、二人を乗せると同時に深夜の空港ロビーを高速で移動し、ヨハネスブルク便に何とか間に合わせてくれた。シンガポールからヨハネスブルクまでは十時間余りである。

ヨハネスブルクはどんな所だろうか。ナムビアのウォルビスベイ空港への乗り継ぎが、上手く出来るだろうか。今度は眠れないままに、隣にいるのが澄江ではなく時枝だったら

どんなに心強かっただろうと思っていた。語学に堪能な時枝なら、

「やっと砂漠に行けるのだもの、こんなトラブルは何てことないわよ。旅はハプニング。何があるから分からないからおもしろいのでしょ。」

などと、強気の言葉が聞けたのではないかと思ったのである。

飛行機はずっと闇の中を飛んで、やがて空が白み始めたばかりのヨハネスブルク空港に着陸した。勝也にとって初めてのアフリカ大陸だ。迷路のように入り組んだ巨大な空港で、あちこち迷いながら、それでもやっとナムビア便の出るゲートに辿り着いた。昇り始めた真っ赤なアフリカの太陽の光が、窓から眩しく差し込んでいた。疲れていたが、気持はビーンと張り詰めていた。日本人は澄江と勝也のたった二人だった。香港で合流するはずだった高田は無事に来られただろうか。成田空港で「別便で行く」とメールはしたものの、おそらく届いていないだろう。勝也はマンデラ元大統領の影像の前で、うとうとと眠りかけていたらしい。そこに突然高田が現れた。

「あぁ、良かった。二人とも香港で乗ってこないから、私一人だけかと思って。本当に心細かったですよ。」

とホッとした顔を見せた。舞浜で顔を合わせて以来の再会である。三人はロビーでコー

ヒーを飲みながら、「とうとう来たか」と、遂にアフリカ大陸の南端にまで来ていることを実感していた。世界で最も貧しいとされるのがサハラ以南のアフリカだが、南アフリカはアパルトヘイトを脱却し、ブリックスの一角として目覚ましく発展してきた。ところがその経済発展がこのところ頓挫し、貧富の格差が顕在化して、ヨハネスブルクの治安は最悪らしかった。

六時間後、ナムビアのウォルビスベイ空港に向かう小型機が飛び立った。南アフリカ共和国の平坦な大地が、眼下に穏やかに広がっていた。飛行機が北に進むに従って、次第に緑が薄くなっていく。やがて赤茶けた裸の地面が広がるようになると、そこは既にナムビアだ。国土の面積は日本の二・二倍もある。が、その大部分が不毛の砂漠である。勝也達はかつて幾つもの骸骨が散乱していたという、赤茶けたその砂漠に向かうのである。

飛行機は、砂漠のただ中にポツンとある小さな小屋の傍らに、大きくゆれながら着陸した。飛行機から降りるとクラクラッとするほど暑く、強い光線で生まれるオゾンの匂いが立ち込めていた。小屋には簡単な柵があって、その脇で入国審査を済ませ、荷物の出てくるのを待った。乗客は次々と荷物をピックアップして立ち去っていく。とうとう澄江と勝也だけがとり残されてしまった。預けたはずの荷物がいつまでたっても出てこないのであ

る。その旅行バッグには、レースに不可欠な装備品が入っていて、それが揃わない限り、レースのスタート地点にすら立てないのだ。砂漠の空には一片の雲もないのだが、勝也の心には暗雲が立ち込めていた。

二人は小さな空港の片隅で、拙い英語を総動員して係員に説明しながら、「そう言えばシンガポールであんなに急いだのだから、荷物がついてこなかったのかもしれない」などと想像していた。ともあれ宿泊先を記載して空港側に後を託し、旅行社が手配していた車に乗り込んだ。

砂漠を切り裂くように、車は真っ直ぐに続く道を走っていく。小さなつむじ風が何本も立ち上がって、あちこちで砂を巻き上げていた。強烈なオゾンの臭いとともに、至る所で砂粒を含んだ乾いた熱風が吹いているのである。勝也は「これが砂漠なのか……」と半ば茫然としていた。いやむしろ、怖気づいていた。成田を発って既に四十時間以上横になっていなかった。その緊張と疲れもあり、「こんな砂漠を走るなんて、そもそも無謀だったのではないか」と思い始めていたのである。

勝也は、ドン・キホーテの姿を思い浮かべていた。鎧甲冑を着てロバにまたがり、槍を抱え、風車に向かって突進する老いぼれた騎士の姿である。この強い風と砂嵐の中、砂の山を幾つも越えていかなきゃならない。果たして道なき道をどうやって辿るのだろうか。それにコースを外れれば、間違いなく死に直結するだろう。俺はまさにあのドン・キホーテかもしれない。あるいは、「書写山の武蔵坊弁慶のように無謀な男だ。」と言われても不思議はないと思った。

車は、二時間あまり走っただろうか、やがて大西洋に面したコテージ風の宿「ドリフト・ウッド」の前で停まった。静かな波の音が聞こえていた。建材の木目が砂漠の宿とは思えないほど小粋で瀟洒な宿であっ

た。少しホッとして中に入ると、小柄でキュートな黒人娘がカウンターの向こうに出迎えていた。チェックインしながら「荷物が届かないのだ」と言うと、娘は手慣れた様子で空港に電話し、「ここに泊まっている」と連絡を取ってくれた。

その夜、成田を発ってから三日ぶりにベッドに体を横たえた。だが、疲労の極にあるにもかかわらず、眠るどころかいつまでも興奮が収まらなかった。多少のリスクは承知で、敢えて挑んだ今回のレースだ。しかし、そもそも七十歳になる自分には無茶だったのではないか。これは止めた方が無難だ。だけどもう後戻りは出来ない。荷物が届かなければ……。勝也はコテージの白い天井を睨みつけながら、明日からの覚悟を決めようともがいていた。

翌朝、食堂に降りていくと、顔立ちのくっきりとしたグラマーな娘が「グッ・モーニング」と微笑みかけてきた。屈託のない娘で、短パンからスッと伸びた足がはち切れるように眩しく感じられた。娘はオーストラリアのジャッキーと名乗った。勝也達のTシャツに縫い付けた大会のパッチを見て、レースの仲間に話しかけてきたのである。勝也は「この子が、砂漠を走るのか！」と驚くと同時に、昨夜の自分を少し恥ずかしく思った。朝食を終えて二階に上がると、ジャッキーがベランダに大の字に寝そべって日光浴をしていた。何とも天真爛漫なオージーであった。

　オアシスの朝は、昨日のクラクラするような暑さとは打って変わって爽やかに感じられた。少し睡眠をとったからなのか、勝也の活力は幾分よみがえっていた。先ずはこの土地に体を馴染ませることである。朝食後、澄江と高田の三人で、海岸に沿ってスワコップムントの街まで走ることにした。往復二十キロ近く

あったが、大会本部やオアシスの街を見物したかった。

オアシスの街に続くその海岸には遊歩道が続いていた。その傍らには花壇が設けられていて、スプリンクラーの水の下に多肉植物や名も知れぬ小さな花々が咲き乱れている。細い緑地帯のずっと先に、ドイツ植民地時代に造られたオアシスの街があるのだ。街に近づくとフェニックスの並木が現われ、その先には緑やレンガ色の建物が林立している。しかし街の向こう側には、赤茶けた砂漠が何処までも広がっているのであった。海と砂漠、地中海のどこかの街のようなオアシスの景色が、いつしか勝也の体と心を和ませてくれていた。

「荷物さえ届けば、何とか走れるかもしれない。」

そう思い始めていた。

オアシスの街には、スーパーマーケットやスポーツショップなどがあった。装備が届かなければ、ここで買い集める他ない。しかし、あちこちの店を探し歩いても、やはり砂漠を走るための装備などあるはずもなく、それは至難の業に思われた。

ナビブ砂漠は、アプリコット色の砂丘群が五万平方キロにも渡って延々と連なっている、世界最古の砂漠である。そしてその砂漠には、世界最大の水晶岩やウラン鉱石、さらにはダイヤモンドなど、まだまだ未開発の地下資源が眠っているらしい。

宿に帰ると、「空港から『今夜、荷物を届ける』って連絡があった。」と、キュートな黒人娘が言う。

「やった!」と叫んで、思わず娘を抱きしめ歓声を上げていた。しかし、歓びは束の間の事でしかなかった。空港から届いた荷物は、なぜか澄江のバックだけだった。勝也の荷物は依然として行方不明だという。明朝にはこのコテージを出て、大会主催者が用意しているオアシスのホテルに移らなければならない。それに、このウォルビスベイ空港への便は、一日に一便だけだ。明日までに届かなければ、レース前の装備品チェックに間に合わないことになる。

翌朝、世話になったコテージを出て、オアシスの中央部にあるスワコップムントホテルに移った。ホテルはドイツ占領時代からの由緒ある施設らしく、十九世

紀末にこの地で起こった植民地での様々な出来事を彷彿とさせるような佇まいだ。昔観た映画「アラビアのロレンス」に出てくるような、そんな豪奢なホテルである。そのホテルに世界各地から大きな荷物を背負ったランナーが次々と到着し、砂漠レースを前にした興奮と熱気に包まれている。中庭のプールサイドを覗くと、焼け付くように強い太陽光線の下なのに、カナダ人女性二人がビキニ姿で日光欲をしている。白人は常に太陽を求めるものらしい。

「どうしたものか。」勝也は、言い知れぬ不安の中にいた。「荷物が届かなければ、過酷なレースを走らなくて済む。だけどそれでは、俺は何の為にここまで来たのか。」と悶々としていたのである。

夕方、三人で近くのスーパーマーケットに向かった。街の見物を兼ねて、夕食をテークアウトで安上がりにしようとしたのである。スーパーで買ったサンドイッチを食べながら

高田が、

「勝也さん、大丈夫だよ。きっと届くよ。」

と慰めてくれる。あまり味のしないサンドイッチだった。

「このまま、ホテルでみんなの帰りを待っているのでは、そりゃあ一生の不覚だよなぁ。」
すべては、荷物が届くのか否かに掛かっていた。
思えば、この日のために半年もの間、いろいろと準備をしてきたのである。やがて外が暗くなり、勝也は半ば諦め始めていた。ところがシャワーを浴びようと服を脱いでいると、フロントから電話があった。ようやく荷物が届いたのである。この地に着いてから三日目にして、やっと必要な装備が整ったのであった。
翌朝八時、四百五十人の選手達がホテルのホールに集まっていた。レース前のブリーフィングである。大会主催者代表のサムが慣れた口調で話し始め、時折賑やかな笑いが起こる。勝也達は聞き取ろうと懸命になっていたが、その高速な英語は片言程度しか理解できなかった。次にメディカルスタッフが紹介され、砂漠を走るための注意事項を語っていく。

「水は、常時二リットルを背負っていくこと。過去に起こった事故は、ルールを守らなかったからだ。ここではすべが自己責任だ。」

過去の大会では、コースを見失って水がなくなり、二名の死者を出しているというのだ。

「毎朝、靴を履く前には、中にサソリが入っていないかを必ず確認するように。これはまだ死者はいないけど。」（会場内　笑）

と続く。

やがてひと通りのガイダンスが終わると、次は何人かの特別参加者の紹介だった。まずイタリアのマルコが指名されて立ち上がった。何と彼はこの大会の最多参加者で、実に七回目の参加なのであった。どうやら砂漠レースには、人を魅了する何かがあるようだ。次に紹介されて立ち上がったのは、最年少参加者のDong君二十二歳だった。彼は韓国人で兵役を終えたばかりだという。続いて「今回の最年長挑戦者は七十歳……」と、一呼吸置いて勝也の名前が呼ばれた。勝也が立ち上がって手を上げると、「おぉ～」というどよめきと共に一斉に拍手が沸き起こった。すると目の前にスッとスマートフォンが差し出された。画面をのぞき込むと、そこには日本文字で「尊敬」と表示されていた。隣に座っていた韓国人が、瞬時にそんな反応をしたのである。その俊敏さに驚いたが、参加者の多くが三十から四十歳代だ。

さすがにここでは七十歳は希少価値のある存在なのであった。そもそも人は、長寿そのものに価値があるのではなく、長生きして何が出来るのかにこそ、価値を見いだし得るのではないか。ブリーフィングが終わると、最年少参加者の Dong 君が親しげに握手を求めてきた。彼は、年配者を敬う儒教の国の男である。彼の母親は日本語の教師をしているらしい。

それから選手達は、それぞれ大きな荷物を抱えて広場に集まり、レース前のパスポート検査に臨む。先ずは医師によるメディカルチェック。そのＯＫが出ると装備品チェックで、遭難時に使う鏡やホイッスル、消毒薬や医療キッド、防寒具や水タンク、医薬品など小間物に到るまで確認される。最後がカロリーチェックで、七日分の十分な食料が入っているか点検されるのである。それがすべて済むと、砂漠を走るために必要なパスポートとゼッケンが渡される。

この日の午後、勝也はその重さ十三キロのバックパックを抱えて、砂漠に向かうバスに乗っていた。国立公園入口のスタート地点まで、二百キロ近く北上するのである。未知の空間では、人は寡黙になるものらしい。果たしてどんな世界が自分達を待っているのか。オアシスから伸びた一本の道を進みながら、それぞれが限りなく続く砂漠の彼方を見つめていた。やがて視界の先の荒涼とした砂の丘の上に、難民キャンプのようなテントの群れが忽然と浮かび上がった。そのテント村が勝也達ランナーの休息の場だ。テント村はランナーが走り進むに従って移動させるらしく、一夜限りのキャンプサイトなのだった。

テントには猛烈な風と砂塵が吹き付けていた。もはや逃げ場所はどこにもなかった。テントはバタバタと大きく揺れ動き、中にもかなりの砂が吹き積もっていた。それは野戦陣地もかくやあるまいと思わせる光景だったのである。その中で勝也達は持ってきたマットと寝袋を広げて眠るのだ。人間はどんな時だって開き直る事が出来る。唖然としていたのはほんのしばらくのことだった。すぐに「これが砂漠さ」と笑いながら、誰もが覚悟を決めていたのである。人間は環境が過酷かどうかにかかわらず、なんとか順応しようとする本能が働くものらしい。

勝也達にもその中の一つのテントが割り振られた。テントメイトはスイスのロバート、イタリアのマルコ、ホテルのプールでビキニ姿で日光浴していた二人のカナダ人女性、そして高田と澄江という、国も性別も違う七人だ。勝也がテントに入っていくとスイスのロバートが、

「今回の最高齢だって？　あんたの歳まで俺も走り続けたいよ。」

と話しかけてきた。見かけは勝也と同年配に思えたのだが、まだ四十歳だという。確かにまだ若い。イタリアのマルコはカフェのある大きな本屋チェーンを経営しているらしく、この四デザーツの大会では常連である。カナダ人の女性二人は十歳くらい年が離れているようだが、いつも仲良く話をしている。ともかくも顔を洗うことも着替える服もない、砂まみれのテント村生活が始まったのである。

夕方になり、猛烈な風と砂塵は幾分収まってきた。テントの外では野営用のテーブルに集まって夕食が始

まっていた。とは言っても、背負ってきた携行食に湯を注いでそれぞれ腹を満たすのである。ナビブの黒人達がドラム缶で薪を燃やしてお湯を沸かしてくれる。いよいよ明早朝から砂漠レースが始まるのである。

第六節　砂漠の音

——第一ステージ——　死の砂漠へ

レースの第一ステージを迎えた。昨夜は強い風の音にうつらうつらしていたが、午前三時頃から現地人スタッフがお湯を沸かし始めていた。その話し声で目を覚まし、寝袋から這い出して懐中電灯の光で身支度を調えた。かなり肌寒い。だがランシャツとランパン一枚である。着替えとてない砂漠だから、レース中はこのTシャツをずっと着たままだ。湿度の極めて低い砂漠の環境だから、そんないでたちでも何ら支障がない。ウインドブレーカーを羽織ってテントの外に出ると、一面に濃い霧が立ちこめていた。霧の中に幾つもの焚き火が焚かれていて、幽玄な光景が広がっていた。海風が生み出す濃い霧が砂の大地に水分を供給し、砂漠の僅かな緑を支えているらしい。その霧に身を浸しながら、ラーメンとインスタント味噌汁、プロテインバーを朝食にした。

リュックを背負って整列し、スタートの合図を待っていると、原住民のヒンバ族が現れて全裸で踊り始めた。全身に褐色の土を塗っているとはいえ、体には毛布一枚を羽織っているだけだ。一人の女は乳飲み子を背中に負っていた。彼らは未開の昔と変わらない生活を続けているという。公用語の英語も話せない。粗末な民芸品を売ったり見世物になったりして収入を得ているらしく、毎日を時間に追われて暮らす現代人とはおよそかけ離れた生き方をしている。果たして彼らにとっての時間とは、一体何なのだろうか。酋長のような男に引き連れられ、砂漠を点々として移動していく。彼らは明日ではなく「いま」を生きているのだ

と、勝也は思った。しかし、彼らにとっての

「今」は、私達がこの砂漠に来ているその「今」とは全く違うのかもしれない。

第一ステージは、四十三キロである。スタート前の秒読みが五・四・三と続いて、「ゴー」のかけ声と共に歓声が湧き上がった。四百五十人のランナーの群れが、大きな荷物を背負って動き出す。走るのは舗装道路ではない。一歩一歩が沈み込む砂の地面だ。その沈み込む砂に足を取られ、イライラするほど体は前に出ていかない。だから競歩のような走りになって、歩幅も随分狭くなっている。

やがて夜が明けて霧が薄くなり始めた頃、行く手に巨大な二つのドクロのモニュメントが忽然と現れた。ナビブ砂漠国立公園の入り口ゲートであった。砂漠に足を踏み入れるのはあまりにも危険なため、一般人の進入は固く禁止されているのだ。そのゲートが開け放たれ、ランナーの群れが次々と飲み込まれていく。ナビブ砂漠はスワッコップムントからアンゴラ国境まで千キロほど、果てることもなく続いているのである。勝也達はいよいよ道なき死の砂原を、目印の赤いフラッグを頼りに走るのである。

砂の大地はどこまでも荒涼・広漠として、地の果てまで連なっている。その砂地をうまく走ることができるだろうか。それがこのレースの最大の不安だった。が、案ずるより産

むが易し。確かに沈み込む砂に足を取られるのだが、思いの外負担にならなかった。荷物が背に食い込むものの、かなり順調に進んでいた。「この砂漠に体を慣らそう。」そう言い聞かせていた。

時々赤みを帯びた砂丘が遠くに見えたりするが、行く手には真っ青な空とただただ広漠とした砂の大地とが、横一文字に地平線を作っていた。その地平線の手前にゆらゆらと光る湖が見える。いや、それは砂漠の蜃気楼で、さも湖があるかのように見えるのであった。時に真っ白な地面が現れる。湖が干上がって出来た塩の原である。どこまでも続く砂漠の原に、ランナーの列が遙か先まで蟻の行列ように点々と続いている。

勝也は、仲間からはぐれて一人になることを極度に恐れていた。一人になってコースロストしたら命が危ない。どんなに苦しくなっても、仲間の背中を見失うまい。お互いにそう誓い合ってスタートしたのだった。実は、このサハラレースでは過去に何人かの犠牲者が出ていた。いずれもコースを見失い、水がなくなって干からびて死んだのである。奇跡的に生き残ったフランス人がいて、彼はコースアウトして三日目に発見された。だがその時には脱水し尽くしていた。手首を切って死のうとしたようだが、血がドロドロになっていて、切り口からは一滴の血も流れ出ることはなかったという。だが彼の脳神経は既に梗塞してしまっていたようで、いまだに半身不随だと聞いた。

それはともかく、永遠に続くかと思われた緊張と不安の一日は、案外あっけなく終わった。十七時、第一ステージのゴールゲートを三人揃ってくぐり抜けたのである。すると先にゴールしていた韓国のDong君が健気にも駆け寄ってきた。

「よく頑張りましたねぇ。」

と手を差し出してきたのである。この若い男は、義理堅いだけでなく本当に好感の持てる人物のようであった。

テントサイトでは、ナミビアの現地スタッフが湯を沸かしている。焚き火を囲んでの夕食が始まっていた。勝也も夕食を食べようとカップにドライカレーを入れ、お湯をもらいに行く。

「グレイト！　爺さん、一体幾つになるんだい？」

と、三十くらいに見える真っ黒な肌の、屈強な男が話しかけてきた。ナミビアで多数を占めるオバァンボ族という。クぺぺと名乗るその男は、英語を流暢に話していた。

「俺かい、今年で七十才になるよ。そういうあんたは幾つなの？」

「えぇ、七十だって！　俺の爺さんは五十になる前に死んじまったよ。俺かい？　俺は十七になったさ。もう子供だって二人いて、俺は一家を養っている。爺さんも物好きだなぁ。なぜこんな砂漠までやって来て苦労するんだい。」

「うぅ～ん、そりゃ女さ。俺の大好きな女が砂漠を走りたいって言うのさ。ところが体が弱くてね、その女の代わりに俺がやってきたってわけなのさ。」

「えェ～、その女いかれているぜ。爺さんをこの砂漠で死なせようって魂胆じゃないの。生命保険とか掛けてよ。」

「いゃぁ、そんな女じゃないさ。あんたの奥さんはどうなの」

「俺の女房かい。イイ女さ。まだ十五でね。二人目の娘が生まれたばかりさ。」

「そうかい、あんた十七歳だって？ seven ty と seven teen の違いだけだよ。さして違わないじゃないか。それに腕力じゃかなわないが、走ることならあんたには負けないぜ。」

と言うと、大きな声で笑い、

「多分爺さんの方が速いだろうな。それで、エブリシング　ＯＫ？」

となかなか親切である。ナミビア人の平均寿命は四十四才だというから、その彼らからみたら、七十才は大変な老人に違いないのだ。

　湯を沸かしていたナミビアの黒人達が、声を揃えて歌い始めていた。女性達の歌声の上に男達の声が追い重なるように続く。その流れるような懐かしいジャズ風の響きが、たそがれの砂漠に広がっては消えていく。真っ赤な太陽が地平線に沈んでゆき、砂漠の一日が終わろうとしていた。焚き火の周りでは歓談が続いていたが、勝也はテントに入ると下着だけを着替えて寝袋に潜り込んだ。そして横になると同時に、深い眠りに落ちていた。

――第二ステージ―― 砂漠に架かる橋

二日目の第二ステージは、四十キロである。砂漠に幾分慣れてきたのか、昨日よりも元気にスタートを切った。ひと口に砂漠とはいっても、柔らかな砂地や砂丘ばかりではない。尖った岩ばかりの原野やゴツゴツとした石の原、湖が干上がった塩の原、小さな草の生えた平原などとさまざまだ。この日は最初こそ大きな砂丘の山を越えたが、比較的固い地面が続き、昨日よりも疲労は遙かに軽かった。砂丘を越えると、この砂漠で唯一の鉄橋を渡った。橋とは言っても、雨期だけに水が流れるらしく、川があるわけではない。水の流れていない橋だが、砂漠の砂山と砂山に掛かる橋が異次元な風景になっていて、上空のドローンがランナー達の橋を渡っていく姿を撮影している。YouTubeで実況中継しているのだ。しかしながら、この砂漠の真ん中に何の必要があって造られた橋なのか。何か特別な事情があったのに違いない。砂漠にはこれといって他に建造物もなく、ひたすら無心で今日のゴールを目指すのである。仲間は近くにいるにしても、この不毛の地を渡りきるのは自分の力なのであった。ともあれ勝也達三人は、十六時過ぎ、大会スタッフが太鼓を叩いて歓声を上げるなか、二日目のテントサイトに辿り着いた。

既に幾つもの焚き火がたかれ、その火を囲んでランナーたちが談笑していた。勝也が焚き火に近づくと、「プリーズ」と必ず誰かが立ち上がって席を譲ってくれる。この大会のオールディストランナーと知っていて、敬意を表してくれる。やむなくそこに座ることになるのだが、目の前を高速な英語が飛び交っていて、単語すら聞き取れない。会話が勝也の方に向けられても、イエスとかグッドなどの言葉にしかならず、日本人特有の笑いを浮かべる他なかった。国は違ってもそれぞれがランナーだから、共通の話題に事欠くことはないのだが、日本人は総じて英語が下手だ。それに比べると韓国のランナー達は欧米人の会話の中にいる。

結局夕食のテーブルを囲んだのは、もうすっかり打ち解けたあった八人の日本人だった。四百五十人ものランナーの中でたった二%の同胞には、お互いに親近感以上の頼もしさを感じていた。

「足は大丈夫？　豆はできてない？」

「リュックは肩じゃなく腹で背負わないと駄目だよ。」

「そのお粥、美味しそうだねぇ。」

などと、二日目を終えてほっとした声が響いていた。隣のテーブルには二十人程の韓国人が集合して、時たま奇声を上げている。砂漠の真ん中のテント村の遙か向こうには、横一直線の天と地を分ける地平線が伸びていて、そんなシチュエーションがみんなを限りなくセンチメンタルにさせているのである。

勝也はそのみんなをぐるりと見渡して、

「ねぇ〜、みんな。まだ二日間走っただけだけど、俺たちは何とかこの砂漠を最後まで走れそうな気分になっている。この地の果ての砂漠の真ん中で顔を合わせたのだから、これは奇跡というか、一生に一度の縁だ。忘れられない特別な思い出にしようよ。」

と話し始めた。

「私は本当に自分では信じられないけど、もう古稀を迎えてね。ひと昔前ならいつ死んでもおかしくない年齢になっちゃった。冥土への土産のつもりで今回のレースにやってきたのさ。」

「みんなはまだまだ私よりずっと若いけど、なぜこんな苛酷なレースに参加したのだろうか。人生には野心というか、それぞれ心に秘めた目標がある。私はそいつを「人生のテーマ」って言っているんだけど、そのテーマを持たない人と、持っている人とでは自ずと目の色が違ってくる。ここにいるみんなの目は、夕日に照らされていることもあるけど、みんなキラキラと輝いているだろう。下世話に言えば生きがいってことで、金を貯めたいとか出世したいとか、「忍」とか「継続」とか、自分に課しているテーマがいろいろあるだろう。その人生のテーマについて話そうよ。多分それはこの砂漠にやってきたことと大いに関係しているのと思うんだ。」

「この俺はどうなのかって言うと、七十になって今まで何も冒険してこなかったたって、いささか慌ててね。何かやらなきゃって。この歳になって自分の生きざまを探しにここに来たってわけさ。砂漠にはきっと何かがあるんじゃないかってね。まぁ〜、それればどうでもいいけど、なぜこのレースに参加したのかってことだ。そこからみんなで話しをしようよ。」

勝也は、砂漠の夕方の乾いた心地よい空気に酔っていた。すると頷くように話し始めたのは、グレートレースを走るプロランナーの若月だった。八人の日本人の中で、プロで生きる若月は異色の存在だ。彼は幾つもの過酷なレースを走っているにもかかわらず、いまだに世界大会での優勝経験がなかった。前年のサハラレースでも三位に終わっていたし、この二日間もヨーロッパ勢の二人に先行され、やはり三位に甘んじていた。

「今の私は、勝也さんの言う忍の一字ですよ。皆さんはもう見ましたか。このナミブ砂漠にはキソウテンガイという植物が生えている。キソウテンガイは砂漠に深く根を下ろして、千年も生きると言われる植物ですよ。花も咲かずに砂にへばり付いて、それでも辛抱強く生きている。僕はこのナミブ砂漠に来るといつも思うんです。走っていてあのキソウテンガイを見つけると、とっても愛おしくってね。僕はプロと言ったってオリンピック選手のように注目されているわけじゃない。あのキソウテンガイみたいに砂漠の砂に埋もれて、目立つこともなく、それでも走っている。大学時代の同窓会に出席したりすると、仲間から「おいお前、大丈夫か?」って言われる。彼らからすりゃ、俺なんてドロップアウトした奴だと思うんだろうね。そりゃあ、順風満帆に出世街道を歩いている人間からすれば、俺なんて風来坊にしか見えないだろうけど。自分でも確かに不安はあるけれど、でも人生ってものは生涯掛けて何をやったかが肝心なのじゃないかな。これから何が出来るか分からないけど、それを試すのが自分の人生だと思っているんですよ。」

と、若月は語った。クラウドファンディングで資金を集めて走っている若月にとって、レースの結果は死活問題である。三十代中頃の若月は、サラリーマンを辞めてプロに転向して以来、支援者を募って各地の過酷なレースを渡り歩いてきているのだ。勝也はそれを聞きながら、県庁を辞めてプロランナーに転向した鏑木毅や川内優輝を思い出していた。プロは結果がすべてだ。若月は、その結果を出してこそ評価されるプロの厳しい世界を生きているのだった。

勝也は、自分の歩いてきたサラリーマン時代を思い返していた。確かに、生活はそれなりに安定していただろう。若月のような、不確かさはなかったさ。だけどあの四十年近くの自分は、組織のために夢中になって働いていた。だがそれは、退職した今となっては一体何だったのかも分からない。既に無縁になった職場は、自分の人生のどの部分に残っているのだろうか。それに引き換え、プロとしての若月は自分の体と意思で自分の人生をちゃんと生きている。勝也は若月の生き方を羨ましいと思った。臆病な自分にはとても真似ができないし、その腹構えだってないと思うからだ。若月の同級生が企業の部長や取締役になって勤め先を退職したとき、果たして彼らの人生に何が残るだろうか。せいぜい会社を大きくしたとか、彼自身のプライドだけが幾ばくか残るだけだろう。それだって妻子

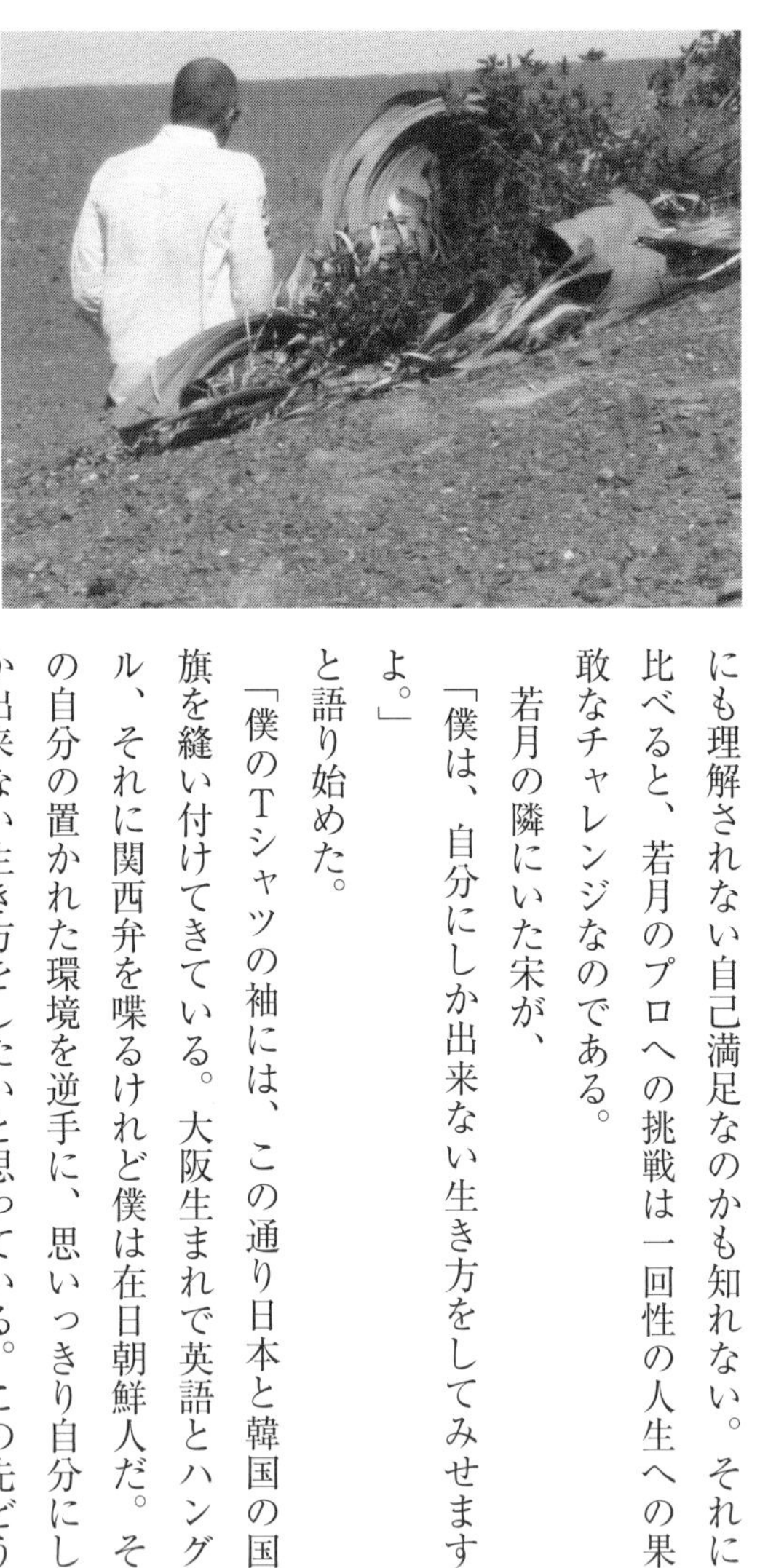

にも理解されない自己満足なのかも知れない。それに比べると、若月のプロへの挑戦は一回性の人生への果敢なチャレンジなのである。

若月の隣にいた宋が、

「僕は、自分にしか出来ない生き方をしてみせますよ。」

と語り始めた。

「僕のTシャツの袖には、この通り日本と韓国の国旗を縫い付けてきている。大阪生まれで英語とハングル、それに関西弁を喋るけれど僕は在日朝鮮人だ。その自分の置かれた環境を逆手に、思いっきり自分にしか出来ない生き方をしたいと思っている。この先どうなるかなんて分からないけど、「自分なら、何が出来るか」って、常にそう思って生きてきた。この砂漠に来たのも、そんな自分を試したかったからかな。」

宋は、六本木で働く仲間三人でチームを組んで、このレースに参加していた。ランニング仲間の二人が田中と佐口であった。田中はいかにもやり手の商社マンの風貌をしていたが、意外にセンシティブな事を話し始めていた。

「僕はM&Aの作戦を企画したりしてね、かなり荒っぽい仕事に夢中になっている。仕事は自分の手の内で世の中の景色が変わっていくのだから、そりゃおもしろいさ。だけど一人の人間としてそれで満足しているのかと言うと、それが違うんだよね。今日のコースの五キロあたりに橋があっただろ。あの橋が役に立つのは一年のうち、せいぜい半月だろう。俺達の仕事も同じようなものでね、それでもその成否に全精力を傾けている。仕事と一人の人間として生涯に何が出来るのかは違うんじゃないかと思っている。僕が走り始めたのも、この砂漠レースに挑戦したのも、もうすぐ四十になる自分への問いかけですね。人生なんて活躍できるのはせいぜい四十年。そいつを僕は平々凡々と生きるのじゃ嫌だね。そりぁさ、自己陶酔って言われるかも知れないけど。一生かかっても、自分に何が出来るのか分からないかも知れない。だからこそ今回は、お互いにライバル同士の三人が、砂漠を走って世界一になろうってやってきたんだ。」

それを聞いていた佐口が、促されるように話し始めた。

「砂漠を走るなんて、そんな無茶なって思ったのだけど、ここに来られて良かったと思っている。勝也さんみたいに、俺よりずっと先輩が走っているし、この大会に集まっている人ってさ、みんな目がキラキラしているよね。今、ここに生きているって感じだよね。そうだよ、皆さんに出会えただけで俺は満足だよ。」

佐口はうつむき加減で話していた。実はこの三人は「六本気ロケッツ」のチーム名の通り、この大会を圧倒的な勝利で飾ろうともくろんでいたのである。しかし、この二日目から佐口の足が動かなくなっていた。この朝、びっこを引きながら必死に先を行く二人を追いかける姿があった。後ろから見ていた勝也にも、動けなくなるのは時間の問題だと思われた。チームでの参加者は、お互いに百メートル以上離れてしまったらチームと見なされないルールになっているのである。

日本人の中で最も若いのが二十六歳の田口だった。田口はレースの二日目にして既に足の親指を提灯のように真っ赤に腫らしていた。見ているだけで痛々しかったが、痛いとは一言も言わずにナイフで靴の先に穴を開けていた。

「僕は学校を卒業した春に、ゴビ砂漠の大会に参加したことがあるんです。それが忘れられないっていうか、やっぱり何かに向かって夢中になっている自分が懐かしくってね。それで今回もエントリーしちゃったんです。さすがにキツいけど、まだまだ皆さんには負けませんよ。」

と、かなりのダメージを受けているはずなのに強がっていた。

澄江と高田は、燃え盛る焚き火に当たりながら聞き役に回っていた。その高田が、

「いやぁ〜、みんな凄いや。」

とため息をついた。

「俺はもう六十年以上生きてきたけど、やっぱりおもしろいのは人だね。そりぁ難しいのも人だけど、ここに集まったみんなはやっぱり凄いや。俺は企業のコンサルみたいな事をやっているのだけど、誰から尊敬されるってわけでもない。場合によっちゃあ、かみさんからだって見下される存在さ。それでも自分なりの誇りっていうか、密かな自信を持って生きてきた。今この時代はね、結構気楽な時代じゃない。誰もが好きなことやって、自分だけの楽しみを追い求めている。それこそが自分の価値観だって、誰もが思ってる。俺もね、ずっとその一人だった。だけど何かが足りないって思い始めて、勝也さんには敵わないけどこの歳になって砂漠に挑戦したってわけさ。参加した四百五十人、多かれ少なかれみんな同じなんじゃないかなぁ。俺は帰ったらこの挑戦を盛大に自慢しようと思っている。」

残りは紅一点の澄江だ。

「私ね、この春に定年退職したの。学校を卒業して以来ずうっと子ども達を教えてきて、ほんと、自分のやりたいことなんて何も出来なかった。そりぁ、あの時あの子がっていろいろな思い出が詰まっているけど、もっと広い世界に出てみたいって思っていた。砂漠を走るのも長年の夢だったし、皆さんに会えてホントに良かった。私はここに来てから、自分にももっともっと何かが出来るんじゃないかって思い始めているの。この砂漠を完走したらもっともっといろんなことに挑戦したいと思っている。だから明日からもみんなも頑張ろう！」

と締めくくった。

砂漠に架かる橋がその役割を果たすのは、確かに雨期の一時に過ぎない。だが砂漠で語り合ったこの一時のことは、生涯忘れられない思い出になりそうだ。遠く離れた異国の、しかも死の砂漠で、お互いの心と心に橋を架けたのだから。人生の豊かさは、その生涯において何と出会ったかで決まるのだろう。どんな人と、どんな自然や哲学と、あるいはどんな事件と遭遇したのか、である。何も見ようとせず、誰にも会わず、何事にも感動しないのなら、それは生きていないのと同じことになってしまう。八人の日本人ランナーの顔が、その伸び始めた髭面が夕日に照らされて、ことさらに逞しく見えるのだった。

――第三ステージ――　難破船

第三ステージは、「砂浜の日」と名付けられた四十二キロである。霧もなく、風も穏やかな朝を迎えていた。空には一片の雲もない。スタートして五キロほど西に進むと海岸に出る。スケルトン・コースト（骸骨海岸）である。大西洋岸に沿って砂浜を北に向かって二十キロほど進んでいく。海岸の砂は湿って重たかったが、勝也と澄江、高田の三人はつかず離れず、歩調を合わせて進んでいた。砂の比較的硬いところを探してゆくのだが、足は砂にとられて次第に歩幅を狭めていく。走るどころか歩くのが精一杯になって、時間だけが経過して距離は思うように伸びない。

海辺にはオットセイの群れがいた。一頭の雄に率いられた五十頭ほどの雌の群れだ。その何とも不思議なコロニーを眺めながら、重い砂に苦しんでいると、傍らに同じように苦労している一人の女がいた。背の高い一見地味な女であった。勝也がどこから来たのかと尋ねると、イングランドのジュリアと名乗った。さらに、どんな仕事をしているかと聞くと

「ルアー」

と答えが返ってきて、よくよく聞きただすと、ケンブリッジ大学の法科を卒業して弁護士をしているらしい。勝也は彼女がなぜこんな過酷なレースに挑戦したのか知りたかった。

するとと彼女はニコッと笑って、

「頭がおかしいのかもね。」

と自分の頭を突いて見せた。

海岸はアンゴラ国境まで、海と砂漠の背中合わせが延々と続く。世界で最も不毛の地とされ、かつての大航海時代以降、この沖で難破した船の多くが海岸に流れ着いた。しかし、陸に上がっての安堵も束の間で、船員は砂漠を脱出できず、ことごとく骸骨になったと伝わる。その海岸をジュリアと並んで進んでいく。すると、はるか向こうの波打ち際に、傾いた電柱のようなものが砂に突き刺さっている。近づくとそれはこの海岸で沈んだ船の残骸と朽ちたマストだった。しかも次々と、原型をとどめることなく朽ちた沈船が姿を現すのである。その中のひときわ大きな沈船の前まで来ると、ジュリアが立ち止まって凝視している。そしてそれまで腰に巻き付けていたスカーフを広げ、写真を撮ってほしいと言う。そのスカーフには、曾祖父がこの地で難波して死んだと記され、若かりし日の曾祖父の写真が印刷されていた。なんとジュリアは、八十年も前に亡くなった先祖の難破の地を訪ねるために、このレースに参加していたのである。写真を撮り終わるとニコッと笑って「これでもう気が済んだわ。」と言った。大変な訓練を重ねて臨んだ砂漠レースは、ジュリアにとっては先祖の「その時」を訪ねる大切な旅だったのである。

コースは海岸から東へと向きを変え、内陸方向へと入っていく。勝也はジュリアと離れて一人になっていた。勝也の周りには三百六十度、真っ平らな砂の原と横一文字の地平線が続いている。飛ぶ鳥どころか草木とて何もない。勝也が一時間前に進めば、その進んだ分だけ地平線が向こうに行ってしまう。気が狂うほど同じ景色が続いているのだ。目標がないと前に進めないものだが、ここでは目指すべき目安すらなかった。仮に目指すものが地平線だとしたら、それは永久に到達できないものだ。地の果てがあるとしたら、それはきっと断崖絶壁なのではないかと思われた。誰もが当然の如く次の日には朝が来ると思って生きている。しかしそれは、この砂漠の地平線がそうであるように、幻想なのかもしれないのだ。

第三ステージ前半は重い砂に足を取られ、後半は精神面で疲れる、実に大変な一日だった。勝也は陽が沈んで薄暗くなりかけた頃になって、やっとの思いでテントサイトに辿り着いた。砂漠に来てからの緊張が幾分緩んだのか、さすがに疲れ果てていた。焚き火の明かりで食事を済ませ、寝袋に潜り込むと同時に意識を失ったかのような深い眠りに落ちていた。

夜半、目が覚めると、テントの隙間から青白い星明かりが射し込んでいた。そのほのかな光に誘われるままテントの外に這い出すと、地平の縁まで隙間なく天空いっぱいに星がきらめいている。あちこちでスーッと糸を引いて星が流れた。

「時枝さん、砂漠の夜は凄いぜ！」

勝也の口から思わずつぶやきがもれた。

――第四ステージ―― 運命の悪戯

その日は、肌寒い朝を迎えていた。いよいよコース最大の難関、「赤い砂漠」へと突入する八十四キロのオーバーナイトである。スタートが八時に繰り上がって、地平線に現れたばかりの真正面の太陽に向かって走り始めていた。果たして道に迷うことなくクリアできるかどうか、勝也は第四ステージが最も心配だった。

この日は、内陸へ奥深く入り込んでいく。砂漠は内陸に向かうほど暑くなる。太陽が昇るにつれ幾つもの小さなつむじ風が立ち上がっている。勝也達はその風塵の中を突き進んでいくのだ。海からの風は、内陸に進むほど岩や砂に熱せられ、やがて四十度を超える熱風となって吹きつける。鼻の穴が熱い。乾燥した空気が体から水分を奪うが、暑さはさほど感じない。

雲ひとつない真っ青な空と、乾燥した砂の大地だけがどこまでも広がっている。朝日が砂に残る風紋に影を与え、その流線が地の果てまでも伸びている。このような異次元な空間に、かつてこれまで身を晒したことがあっただろうか。これは夢ではないか。自分がアフリカの砂漠に立っていること自体が夢なのではないか。気が付けば傍らに高さ三百メートルほどの砂丘が波打つように続いている。そして遙か彼方まで、ランナー達が蟻の行列のように小さく見える。青い空とギラギラと照りつける太陽の光が、砂の大地を鮮やかなオレンジ色に染めている。仮に地球が一つの生き物だとすれば、この沙漠の景色だってこの何千年、いや何万年もこうやって少しずつ変化を続けてきたのに違いない。

今自分は沙漠に抱かれている。そして、自分がその砂の一粒に過ぎなかったとしても不思議ではないと思った。日射しが強まるにつれて陽炎が立ち上り、地上のディテールを異次元の世界に変えていく。何も考えてはいなかった。その渇いた大地を忽然として進んでいく。大自然が創り出すその強烈なコントラストに、体の細胞の一つ一つがまさに溶けていくような感覚であった。

地平線が、遙か向こうで真っ二つに空と大地を分けている。幾つもの丘陵が波打ってその間に砂の海をつくり、その砂の波が刻々と色合いを変えていく。「時枝が一緒だったら」ふっとそう思った。この圧倒的なパノラマを、時枝なら果たして何と表現するだろうか。砂丘の上に痛いほど強い日射しを注ぐ太陽、砂漠では時にそれは殺人光線にもなるが、まさに命の輝きでなくて何としようか。沙漠の風景はそれ自体が無機質なはずなのに、その一瞬一瞬がドラマチックに美しく感じられる。特に夕暮れ時は、地球という惑星を意識せざるを得なくなる。この地球が誕生してからこれまでの、気の遠くなるような長い時間の営みを、私達に想起させるのだ。そう、何のことはない、実は私達の体もその星のかけらで出来ているのだ。今この瞬間、勝也達は沙漠に抱かれている。大きな宇宙と一粒の砂には何の関りもないはずだが、実は同じ宇宙であって、それは私達の体そのものでもあるのだ。

この日、初めてキソウテンガイを見つけた。若月が言っていたとおり、派手さなど微塵もない姿で砂にしがみついて生きていた。彼らはこの灼熱の砂漠に深く根を張って、千年も地味に生き続けている。何のためにと問うのは、無駄なことであった。

四十七キロ辺りまで来た頃、陽は西に傾いて一番星が輝き始めていた。給水ポイントでヘッドライトなどの夜間用装備のチェックを受け、いよいよ月夜の砂漠への旅立ちである。それから間もなく空いっぱいに隙間なく星が広がって、宇宙全体を明るく照らしていた。何という世界なのか。その大宇宙の下に、沙漠の砂粒ほど小さな自分がいる。いやそれは、地の果てまで続く砂漠の、その砂の一粒にしがみつく蟻なのかも知れない。夜の砂漠には、風も音もなかった。ただザッザッと自分の足音が聞こえるだけだ。ヘッドライトで目印のフラッグを探しながら、その一夜を走り通してゴールのテントサイトを目指すのである。そして、フラッグを見失えば、それは信じられない闇の世界に迷い込むことになるのだ。さっきまで容赦なく照りつけていた強烈な太陽が隠れると、砂漠は一転して寒さで震え上がる闇の世界へと化していく。

夜の闇に迷いたくないとの思いが、十五人ほどのグループを作っていた。ジュリアや高田、澄江もその中にいた。スタートから十三時間近くが経過していて、勝也達はもう最後尾になっていた。月が昇り始めている。あの月の沙漠である。しかし、時枝が思い描いていたメルヘンの砂漠とは違って、音のない砂漠の夜は不気味ですらあった。勝也は思わず

「月の沙漠を歌おう。」

と言って、「月のぉ～　砂漠を～♪」と歌い始めていた。その歌声に日本人の仲間が唱和して、幾ばくか月の光が明るくなったような気分になった。だがナミブ砂漠には、金の鞍も銀の鈴もなかった。あるのは真っ暗な大地と砂だけだった。やがて一緒にいたジュリアが、

「私は、イエスタデイを歌う。」

と言って歌い始め、みんながそれに唱和した。ジュリアはビートルズと同郷なのであった。

七十キロのチェックポイントに着いて小休止していると、テントの傍らにあった寝袋が

ガサゴソと動き出した。寝袋から顔を出したのはコテージで一緒だったオーストラリアのジャッキーである。ジャッキーは袋から這い出ると、血まみれの足を靴に押し込み、リュックを背負って、

「アィル、カムバック！」

とひとこと言い残してビッコを引きながら、暗闇に消えていった。勝也達は暫し休息した後ジャッキーを追いかけた。すると闇の中から忽然とジャッキーの姿が現れた。どうやらコースを間違えたようで、引き返してきたのである。

月が西に沈んで日付が変わる頃、澄江がヘッドライトの光の下で何かを訴えていた。下腹を押さえ、

「少し、お腹が……」

と言う。勝也はとっさに少し離れた暗闇を指さし、

「待っているから」

と言った。一緒にいた集団は次第に遠ざかっていく。それが少し心配になり始めたが、澄江はまだ離れた所に座り込んでいた。その間七〜八分だっただろうか。やがて澄江が戻ってきて、チラチラと光の見える集団を必死に追いかけた。だがその光が突然消えてしまっ

たのである。

「急ごう……」

疲れた体は思うに任せなかったが、気持だけが急いている。先を急ぐあまり、さっきから目印のフラッグを一つも見ていないことに気付いたのである。みんなを追いかけるのに夢中で、真っ直ぐ進んで来てしまったらしい。

「戻ろう」

同時にそう思った。

「きっとさっきの砂丘の所でみんなは左に曲がって、だから砂丘の影になって光が消えたのだ。」

と、勝也は想像していた。あそこまで戻ればフラッグが見つかる。そう思ったのである。しかし、砂丘まで戻ってあちこち探しても、目印のフラッグは一本も見つからなかった。磁石は持たされていたが、地図とてないし、そもそも自分のいる場所がどこなのか分からないのだから、何の役にも立たなかった。二人は砂漠の夜の闇に放り出されたのであった。

「もうこれ以上歩き回るのは危険だ。夜明けを待とう。」

　二人は砂丘を中程まで登って、そこで夜を明かすことにした。とは言え、砂漠にはハイエナやサソリがいる。気温は既に五度程度まで下がってきていた。防寒具を羽織って、その上にそれぞれアルミ箔のシートを巻き付けて寄り添って座ったが、手足は痺れるように冷たくなっていた。月は既に沈んでいる。青黒い空に満天の星が地平線の地面すれすれまで広がって輝いている。頭上には、天の川の大きな流れが煌めいている。風も音も何もない、怖いほどの静けさの中に二人はいた。

「ごめんなさい。私のために……」

勝也はそう言う澄江を励ましながら、空いっぱいに広がる銀河の中に、時枝の顔を思い浮かべていた。

「砂漠はロマンチックじゃなかったよ。」

そう呟いてみて、

「大丈夫、明るくなれば助けが来るよ。」

ジッとして動きゃなきゃ大丈夫だと、なんの根拠もないが不安を押し殺して必死に信じようとしていた。勝也のヘッドライトに照らされて、澄江はうつむき加減に丸くなって少し震えていた。

「さっき歌った月の砂漠。あの王子とお姫様のように二人だけの砂漠の夜になったね。これは一生一代のドラマだなぁ〜。なんの音もしない砂漠はちょっと怖いけど、この満天の星空は生まれて初めてだ。大丈夫さ、澄江さんと二人だもの。きっと助けが来る。」

勝也の本心だった。澄江が東京の時枝の分身のように思えていたのである。

「ほんと、人生って何があるか分からないね。あなたとこんな時間を過ごすなんて。」

澄江はそう言うと、不安を打ち消すようにニコッと笑った。

「そうだなぁ〜」

と相槌を打ちながら、山の仲間達と一緒に浅間山に登った話をした。

「あの時も、雪が降り出して寒かったよね。それなのに、澄江さんは手袋を忘れてきて。ほら、ホッカイロをあげたじゃない。そしたら隣にいたかっちゃんが「私にもちょうだい。」って、少し焼きもち焼いていた。浅間山は連合赤軍の事件があってから怖いイメージがあったけど、カルデラの中の景色は驚くほど綺麗だったよね。」

たわいのない話題だったが、それで十分だった。

「ジャパン・ウルフ……、はぐれオオカミになっちゃったなぁ〜」

勝也が独り言のように呟いた。すると澄江が

「それも……雄狼と雌狼の二匹だね。」

と言いながら、不安を打ち消すようにコソッと笑った。

「無事に帰ったら、もっともっと知らない所に出掛けたいね。この次は絶対モンゴルのゴビ砂漠に行ってみたいよね。」

澄江は、無理にはしゃいで見せていた。そんな澄江を勝也は可愛いと思った。

やがて夜が白み始め、彼方の地平線を突き破るかのように真ん丸な太陽が昇り初めていた。真っ赤で神秘的なほど美くしい砂漠の太陽を、勝也は脳裏に焼き付けておきたいと思った。やがて光のまぶしさに、目線を足元に下げたその時だった。

「サソリだ！」

叫ぶと同時に、二人はのけぞっていた。大きなサソリが尾を振り上げて直ぐ足元に迫っていたのである。勝也はとっさに傍らの砂に挿してあったストックを握り、サソリを打ちつけた。何のことはない、二人は一晩中サソリの巣の上に座って過ごしていたのである。夜の寒さが、サソリから二人を守ってくれたらしかった。

「砂丘の上まで行こう。」

二人が、展望のきく砂丘の頂上に向かおうとしたその時だった。砂丘の上で何かが動いた。人か？　いや、動物だ。ハイエナだ！　四頭のハイエナが、砂丘の上からこちらを眺めていた。やがてハイエナはジリッ・ジリッと二人との距離を詰めてきた。頭の先から、すーっと血の気が引くのが分かった。澄江は砂の上にへたり込んでいる。腰が抜けたらしい。二頭のハイエナが砂丘の下に回り込んで、二人を取り囲む形になった。十メートルほど距離を保ちながら、醜い顔を突き出してウゥ～と低い声で威嚇している。勝也の構えるストックが小刻みに震える。襲ってきたら突き殺すしかないと頭の中は真っ白だったが、驚くほど冷静だった。ハイエナは、倒れ込まない限り襲わないのではないか。とすれば、自分よりもへたり込んでいる澄江が危ない。

「澄江さん、立ってストックを構えろ！」

大声でそう叫んでいた。その大声にハイエナが幾分怯んだかに見えた。勝也が上方の二頭に向かうと、下側の二頭が澄江に近づいてくる。奴らは僅かな隙をうかがっているようだった。その一頭が前足を低くかがめ、今にも飛びかかろうとしていた。勝也の足は震えていたが、その一頭を睨みつけていた。するとその瞬間、後ろの一頭が何かに気付いて、後ろを振り向いた。飛びかかろうとしていた一頭も何かの気配を感じて、幾分すきをみせた。「今だ！」とばかりに俊郎はストックを突き出した。ストックは、ハイエナの鼻先をかすめていた。

「しまった!!」

絶体絶命を覚悟したその時だった。どこからか、微かにパタパタと音が聞こえてきた。ヘリコプターの音だ。ハイエナも音の方向を伺っている。ヘリは右へ左へと旋回しながら、少しずつ近づいてくる。

「おぉ〜い。」

聞こえるはずもないのに思わず声を出していた。やっとヘリが二人に気付いたようで、真っ直ぐこちらに向かって近づいてくる。その様子に、ハイエナはようやく頭を垂れ下げて砂丘の下の方に退散していった。やがてヘリは、猛烈な砂塵をあげて二人の近くに着陸した。二人は放心したように砂の上に座り込んでいた。助かったのである。

テントサイトでは朝食が始まっていた。二人がゲートに姿を現すと、七、八人が駆け寄ってきた。高田もいる。六本木ロケッツの三人、宋も若月も、そしてジュリアの姿もその中にあった。高田が深刻な顔で「心配していたよぉ〜。」と駆け寄ると、澄江は高田にすがりついて号泣し始めていた。高田がレスキューの出動を要請したのだ。昨夜は二人の直ぐ後にスイーパーが来ていて、道に迷っている間に目印のフラッグを全て回収してしまったのだという。勝也達がいくら探しても見つからなかったのも道理だった。

テントサイトの椅子に座ると、高田が粉ミルクをお湯に溶かしてくれた。その温かなミルクは、この数時間の出来事が夢の中の出来事であったかのような気にさせてくれた。その時、足元でスッと音がした。

「サソリだ！」

と叫ぶと同時に二人は飛び上がっていた。しかしよく見ると、それはオフロードカーのように足の長い砂漠のトカゲだった。次の瞬間、ヌッと真っ黒な腕が勝也の目の前に突き出てきた。クペペの腕だった。

「爺さん、無事で何よりだったよ。爺さんは簡単には死なないと思っていたさ。だけど心配だったよ。実は一昨年、俺は行方不明になった男の捜索にかり出されてね。発見されたのは大会が終わってから四日目だった。コースから五十キロも離れた所で、半分ミイラになっていた。きっと水がなくなって蜃気楼の泉を追いかけたのだろうな。あんたはじっとしていたから良かったのさ。ラッキーだったぜ、爺さん。」

と、にやにやと笑っている。

ミルクとラーメンを口にすると、極度の疲労に覆われて睡魔が勝也を襲った。いつの間にか意識を失い、眠り込んだようだ。勝也は日陰など全くない、ギラギラと照りつける殺人光線の下を彷徨っていた。後ろには朦朧と歩く澄江が続いていた。コースを示すフラッグを見失ってから、もう真ん丸一日が経過していた。水は一滴も残らず飲み尽くしていた。砂は焼けるように熱く、熱風が二人に吹き付けている。

「水だ。水が欲しい。あそこに、あそこに湖がある。あそこまで頑張ろう。無事に帰って時枝に会うまでは、死ぬわけにはいかんのだから。」

そうつぶやき続けてどれ程の時間が経ったのか。後ろを振り返ると、澄江の姿が消えていた。そしていつしか、荷物をすべて捨てていた。荷物の代わりになぜか時枝を背負ってフラフラと歩いていた。

「助かる。きっと助かる。」

前屈みになって歩きながら、そう思い続けていた。その時だった。足元の砂が、サラサラと音を立てて沈んでいき、二人は突然砂に沈み込み始めていた。蟻地獄だ。必死に足掻く傍らで時枝の体が沈み込んでいく。砂が熱い。勝也も腰まで沈んでもがいていた。熱い。喉が痛い。

「ウワ～、助けて！」

と大声を出した。気が付くと、蒸れたテントの中で全身汗びっしょりで寝袋の上に座っていた。高田がテントの入り口を開けて覗き込んでいる。

「勝也さん、大丈夫？」

テントサイトには、今朝までの出来事など嘘だったかのように、安らぎと笑顔が溢れていた。仲間達は三々五々、オープンテントの下に日陰を求めて憩っている。七日間のレースで唯一のオフの一日なのであった。そればかりではなく、メディカルテントには長い行列が出来ていた。その中にジャッキーの姿があった。彼女は今朝、無事にゴールしていたのである。

――第五ステージ――　砂漠の夕日

第五ステージの三十八キロは、最もダイナミックで変化に富んだコースだった。この日勝也はこれまで一緒だった仲間と離れて一人先に飛び出していた。背中の荷物が随分と軽くなったこともあって、砂を蹴立てて快走したいと思ったのである。コースは砂丘というよりも大きな砂の山の連続だ。高さは二百メートル前後だろうか。そのなだらかな尾根を登り下りして進む。砂丘は吹き付ける強い風によって砂が飛ばされ、少しずつ移動している。だから風上側は切り立って、風下に向かってなだらかに下っている。その最も高い尾根がコースになっていて、足はくるぶしの辺りまで沈み込む。さすがに砂を蹴立てられたのは最初だけで、やがて一歩一歩が忍耐になった。それでも十五時近くなって、海岸のリゾート施設の近くに設けられたゴールゲートをくぐった。リゾート施設と言っても釣り客用のシャワーがあるだけだが、そこで六日ぶりに頭と体を洗った。勝也の胴回りは締め付けていたリュックのベルトで赤むけていて、シャワーは跳び上がるほど痛かったが、なぜかそれが勲章のように誇らしく感じられた。

思えばこの六日間は、あっと言う間に過ぎ去った。残りのレースは明日の十キロだけである。十六時過ぎ、後続のランナーが次々とやってくる。その仲間がゴールする度に、大勢が歓声を上げて出迎える。長かったレースがもう終わりだという安堵感と、一抹の寂寥感が漂っていた。苦しかったことはすべて忘れ、楽しかったことだけが残ろうとしていた。砂漠の夜のエキサイティングな出来事も、はるか昔の出来事のように思われた。

陽が西に傾きかけていた。勝也はその地平線に沈む夕日を見届けようと、一人砂丘を登っていた。砂丘の上から臨む光景は、まさに地球と太陽の宇宙ショーであった。砂の大地に隠れようとする残照が、砂丘の上に佇む勝也の姿を鮮明な巨像にしていた。すると、一人また一人とランナー達が登ってきた。やがて百人ものランナーのシルエットが生まれ、沈み行く太陽を黙ってひたすら見つめている。あれ程すべてを焼き尽くすかのようにギラギラと照りつけていた太陽が、彼方の砂丘の果てに沈もうとしていた。まん丸な半分が地平線に沈み、辺りには魂を溶かしてしまうかのような夕映えが広がり、誰もがただただ無言で見送っていた。砂漠は間もなく闇の世界へと変わるのだが、あるいは自分達の人生も同じだろうと得心していた。生の実感を限りなく濃厚に味わい尽くして、清く沈めば良いのだと。その一時、砂漠の旅人達は誰もが時の旅人になっていた。

——第六ステージ—— ウイニングラン

砂と戦い続けてきたレースが終わりを迎えようとしていた。この日はウイニングランというべき一日で、大西洋岸を十キロを走ってゴールを迎えるのである。その十キロは今回のレース全体を反復するかのように、これまで走って来たさまざまな砂漠（不毛の地）が次々と現れる設定になっていた。最初は幾つかの小さな砂丘の尾根を走り、やがて海岸近くに降りると今度はゴツゴツとした岩の原が続いた。続いて海岸に出るとあの湿った重い砂である。勝也はその海岸を進む途中で、朝日に照らされて鈍く光るものを見つけた。白っぽい小指の先ほどの石であった。それがダイヤモンドの原石だと直感したのである。石をポケットに入れ、時枝への土産にしようと思った。

海岸の砂丘のピークを越えようとした時だった。澄江と勝也の二人は、「あっ」と息をのんで立ち止まった。数キロに渡って真っ白な平原が目の前に広がっていたのだ。塩湖が干上がって生まれた真っ白な平原だ。フラッグとランナーの列は、その真ん中を突っ切ってどこまでも続いている。砂丘を駆け下りて塩湖に踏み込むと、ズブッとくるぶしまで沈み込み、塩水が靴の中に入ってくる。結晶しているのは表面だけで、その下はぬかるみだった。一時間近くの最後の試練だが、澄江は歓声を上げながら走っていた。いつ果てるとも知れなかった二百五十キロなのに、そのレースがもうすぐ終わるという気持が、みんなをウキウキとさせていたのである。

塩湖を脱出して最後の砂丘を乗り越えると、ゴールはすぐそこ。二人は砂丘を転げ落ちるように駆け下っていた。重かったリュックはかなり軽くなり、この六日間に伸びた髭は真っ白で、それに全身砂まみれである。だが心も体も軽快だった。砂丘の下にぽつんと建てられたゴールゲートはあっけないほど小さかった。午前十時過ぎ、ゴールに飛び込んで

「We were done. Everyone.」と叫び、併走していた澄江を強く抱きしめていた。レースを共にしてきた澄江は、涙を流して歓喜していた。ことさら澄江を抱きしめたわけではなく、周りのみんなと抱き合っていたのだ。

　ゴールするとぬるい缶ビールが配られて、それを飲みながら次々とゴールに入ってくる仲間達を出迎えた。六本木ロケッツ、ジュリア、ジャッキー、スペインのローザ、同じテントで寝起きを共にした仲間達……。誰もがこれ以上ない笑顔でゴールゲートをくぐっていた。Dong 君達の韓国勢はゲート前に整列し、上官の号令にあわせて勇ましく軍歌を歌い始めていた。結果として走った距離が二百五十七キロになった今回のレースが、遂に終わったのであった。

　ゴール近くにバスが待機していた。これに乗って砂の悪路を四時間近く掛けてオアシスへと帰るのだ。バスの中ではみんながはしゃいでいた。途中で砂にはまってバスが動かなくなった。全員が下りて、柔らかな砂地を抜け出すまで歩くのだが、それでも「さぁ、これが第七ステージさ。」とジョークが弾け、誰の顔にも笑顔が溢れていた。四時間あまりの帰路、途中には大きな岩塩の採掘場があった。誰もが真っ黒に日焼けし、これ以上ない達成感に酔いしれていた。

スワッコップムントのホテルに帰ると、石鹸を使ってシャワーを浴びた。赤むけた胴回りは痺れるほど痛かったが、もっと驚いたのは鏡の中の自分の顔だった。顔一面が白髭で覆われ、これが自分の顔かと浦島太郎のように呆れる思いがした。慌てて髭をそり落とし、やっと平静を取り戻したが、あのクペペが「爺さん」と呼んだのも無理がないと改めて思った。

ランナー達がホールに集まり、レース終了のセレモニーが始まった。優勝はフランス人、そしてプロの若月は三位だった。続いて勝也の名が呼ばれた。最高齢の完走者として表彰台に立ったのである。大会側は砂漠で迷った勝也達をスイーパーのミスと判定し、二人の完走を認めたのであった。促されてステージに上がった勝也は、思いのほか冷静にスピーチを始めていた。

「We were challenging and enjoyed being on the sand road. And, We were done, everyone. I'm going on my seventy. But I don't never get old. Thank you. I'm old runner and almost……」

会場はシーンと静まりかえって、勝也のスピーチを聞いている。ハイエナに襲われて、命すら危うかった老々の男のスピーチだからだ。勝也はそのスピーチの最後に、

「今回、この老いぼれをこのレースに向かわせたのは、私の恋人の心を救いたかったからです。彼女は一年前、思わぬ交通事故で体も心もボロボロになってしまいました。彼女は私と同じランナーで、このレースに参加することを夢見ていたのです。一命を取り留めはしたものの、今でも車椅子の生活を余儀なくされているのです。私は彼女の「砂漠を走りたい」という夢を背負って今回のレースを走って来ました。だから、ハイエナなんかに喰われるわけにはいかなかったのです。そう……、私の愛する時枝は、私と共にこの砂漠を走っていたのです。Thank you, everyone.」

と付け加えていた。

第七節　さらば思い出よ

セレモニーを終えて部屋に戻り、ふぅ〜と大きなため息をついた。「すべて終わった。」という達成感と共に虚脱感に包まれていた。その気怠さの中で、パソコンの電源を入れてWi-Fiを確かめ日本からのメールを確認した。一週間分二十数通の着信があって、その中

に時枝からのメールがあった。昨日の日付である。時恵のメールには、

「私の愛する勝也さん。砂漠レースお疲れ様でした。YouTubeで砂漠を走っている空からの映像を観て、その中にあなたを見つけた時、涙が止らなくなりました。私も一緒に砂漠に行きたかった。でもそんな願いは全部夢になってしまいました。ついこの間まで、何でも出来ると思っていたのに、何にも出来なくなってしまった私がここにいます。

この前、鎌倉に呼んでくださってとっても嬉しかった。あなたと別れてからいろいろと考えたの。あなたとのこと、それから私のこれからのこと。あなたといると、あなたを父親のように感じることがあって、だからいつも甘えちゃっていた。やっぱりあなたのおっしゃる通り、歳を取ればそれなりに自立していないと駄目だね。私もやっと自分の人生を冷静に考えられるようになりました。

以前、軽井沢で話した短編小説。同人誌に投稿したら意外に好評でね、その本を先ほどあなたのお宅に郵送しました。小説を書くことは、私に残された最後の仕事だって気持になって、やっと書き終えたの。可愛がってくれた父には申し訳ないけど、もう思い残すことはありません。小説は私の遺言になりました。

さっき、たくさんの睡眠薬を飲みました。私に残された時間はもう多くはありません。

もう、いいの。この三年間、あなたとの素晴らしい夢を見られたのだもの。私の六十年の人生で、いちばん華やいでいた。勝也さん、あなたがとっても好きだった。こんなに私を愛してくださって、ホント感謝しています。あなたには人生の時間を私の分まで使い切って欲しいの。今……、少し眠くなって、あなたに抱かれているような温かな気持です。ありがとう……。私は今、砂漠の砂粒になって空を飛んでいるような気分です。」

メールは、そこで途絶えていた。

ナミビアから二十日ぶりに帰国すると、時枝からの封書が届いていた。覚悟しながら開封すると、そこには「柚」と題した同人誌が入っていた。中ほどに付箋が貼ってあって、時枝の「真珠のイヤリング」と題した短編が掲載されていた。小説には、

「私が二十歳になったその日、見ず知らずの女性から、桐の箱に入った真珠のイヤリングが贈られてきた。」

と書き出されていた。幼くして母親に死に別れたが、兄弟二人と父親がなかむつましく暮している。そんな時、突然送られてきた美しく輝くイヤリング。そこから父と娘の葛藤が始まるのだが、真珠の送り主は父の会社の部下だった。しかも女の歳は、主人公と十歳しか違わなかった。三十になるその女も必死だった。しかし、主人公の父親は、その女との

別れを余儀なくされるのだった。人が一生をどう生きるのか、それを問う物語になっていた。十五ページほどの短編小説を読み終えると、最後のページから葉書ほどの大きさの紙がハラリと舞い落ちた。そこには

「あなたとのこと、私にとって最初で最後の私の人生の華やぎでした。ホントに嬉しかった。目指すものがいろいろとあったのに、今はもう何もなくなってしまいました。あなたの砂漠レースには、私も一緒に走っていました。私の人生の最後の夢は、もうそれで十分です。ありがとう。」

と、時枝の文字で書き記してあった。

人はなぜ生き続けるのだろうか。人は生き甲斐にすがって生きている、と勝也は思う。時枝は精一杯の生涯を生きてきた。それが思わぬ事故に遭って、その張り（甲斐）を一気になくしてしまったのである。希望さえあれば、人はどんな冒険だって出来るのだが、時枝の心にはその余白が生まれなかったのだ。

勝也は、時枝の最後のメッセージを読み終わり、その上にスケルトン・コーストで拾った小さな原石をそっと置いた。やがてその石が勝也の涙でじわりと湿りを帯び、銀色に鈍く光った。

「おはようございます。行ってらっしゃい。」

勝也の大きな声が響いていた。それに応えて
「行ってきます。」

と子ども達の元気な声が返ってくる。勝也が街頭に立って旗を振るようになってから十四年になる。この間、小学校に入学した幼い子どもが高校生になるわけだから、実に大きな時間の流れである。男子の平均寿命は八十歳を越えたとされている。しかしそれは必ずしも健康寿命ではない。生きるとは、あくまでも自立して生きる事であって、やはり人の生きられる時間には限りがある。そして、生きている限りいつかは死ななければならない。それまでの間、せいぜい悔いなく生きることが肝心だ。その自分の物語を十分に生きられたのなら、何の悔いが残ろうか。所詮人間は、一人で産まれ出て、一人で死んでゆくのである。

　砂漠レースと時枝の死は、勝也の残りの命に新たな生命を与えたようであった。勝也は次の挑戦に向けて準備を始めていた。ナミビアで生死を共にした澄江から、今度はニュージーランドを走らないかと誘いがあったからだ。それは、ニュージーランドのクック山の険しい山中の二百五十キロを走る七日間のグレートレースであった。羊が青草を食む傍ら

を走る牧歌的なレースと思いきや、レース初日に参加者の二十八パーセントもがリタイアする厳しいレースだった。氷河が削り取った幾つもの谷を渡り、嵐の夜を走る山岳レースだ。人は「なぜそんな無茶なことをやるのか？」と言うかもしれない。しかしそもそも、人生に無茶でないことなどあっただろうか。私達は母親の胎内に着床する時点から、三億分の一とされる精子競争を勝ち抜いてきたのである。

仏教では、長遠な時間の単位を「劫」という言葉で表す。この遙かなる時間と距離の概念からすれば、人間の一生など星の瞬くほど瞬時のものでしかない。勝也は時枝との別れの代償に、その時のしるしを悟ったのかも知れなかった。人は遠い未来ではなく今を生きるのである。人生、二度なし。その輝かせ方は人それぞれだ。そしてその持ち時間を、たとえ一時であっても輝かす事が出来るのか否かは、それは自分次第なのである。

あとがき

私達は誰もが、日常を背負って生きている。主人公の勝也も時枝も、ごく平凡にその半生を生きてきた。昨日の繰り返しが今日であり、今日と同じ時間の反復が明日なのであった。その平凡な人生に、二人が出会うことによって輝が生まれた。多くの場合、平凡な日々こそがハッピーなのかも知れないが、人生はドラマがあってこそおもしろくなる。

団塊の世代が挙って高齢者になりつつある昨今、歳を重ねても志だけは持ち続けなければならない。志とは、可能性を追い求める心意気のことだ。私達はそれぞれの持ち時間を生きているが、時間とは未来に向かって流れる一方通行の道でしかない。だからどう足掻いたって、過去には戻れない。つまり人間は、空間を移動する旅はできても、四次元の時間旅行は出来ないのである。

正直言って私自身古稀を迎えて「えっ、俺が七十?」といささかショックだった。そして、年齢的に最後のチャンスだった砂漠レースに挑戦したのである。確かにレースは苛烈なものに違いなかったが、私自身に大きな自信を与えてくれた。その異次元な空間に身をさらしながら、その経験を文字にして残すことを考えていた。砂漠から帰って、この物語を書き始めたものの、燃え尽き症候群のような空虚感に襲われてしまった。それから三年近くが経過し、今回やっと一部始終を書き切ることが出来たと思っている。勝也は私の分身ではあるが、私自身ではない。だが、私の思いを十分に語ってくれたと思っている。もとより小説は、点のような源を拡大していくことだ。虚実とり混ぜて物語にしたのだが、生の持ち時間の中に輝きを追い求める生き様を書きたかった。物語を小説にするのは存外難しい。この数年の思いを書き尽くすことが出来たのかどうか心許ないが、その評価は読者に委ねるしかない。ともあれ出来るものなら人の一生は、したいことをして燃え尽くして死ねば良いのだと思う。自分への挑戦が、人生をおもしろくするのだから。

NZランニング紀行

再びグレートレースに

ニュージーランドへ

ナムビアで共に砂漠を走った丸ちゃんから「今度はニュージーランドに行こう。」と誘いがあった。砂漠レースを主催するレーシング・ザ・プラネッツが、年に一度だけ砂漠以外の世界のどこかでグレートレースを開催している。今回はニュージーランドで開催されるのだという。ニュージーランドなら近くだし、羊の群れでも眺めながら、ゆったりと走ることができるだろう。それにナムビアのレースから一年近く経過していたし、必要な装備はすべて揃っているのだから準備の苦労もない。「よし、行くか！」と気楽にＯＫしてしまった。その丸ちゃんは、大学を卒業したばかりの息子さんを帯同して、息子を鍛えるのだという。

ニュージーランドは、オーストラリアから独立して生まれた国だ。同じ島国の日本と比べると、日本の七三パーセントの国土に三百八十万人しか住んでいない。而して「自然豊かで紳士と羊の国」というようなイメージが生まれた。実際に人が少なくて空気が綺麗で、過度な競争がない。少し前の日本とは真逆の国なのである。二百年ほど前、マオリ族が住んでいたこの島に、海洋探検家のジェームズ・クックことキャプテン クックが上陸してから多くのヨーロッパ人が渡ってきた。やがて彼らは羊を持ち込み、照葉樹林で覆われていたこの島を二百年あまりの間に、羊の毛を刈るかのように丸裸にしてしまった。暮らしが風景を作るといわれるが、山の頂まで延々と羊が草を食む風景は、かくしてこの国のシンボル的イメージとして定着したのである。しかし、英国への輸出を前提とした羊毛生産は、英国のＥＥＣ加盟や化繊の登場による羊毛不況によって大きなダメージを受けることになった。羊産業は激減し、国土の七割をも占めていた牧草地は酪農向けへと転換が進んでいる。成長の早いラジアータ・パイン（米松）を植えて、日本向けの合板材を生産するようになったのも近年の流れだ。

ともあれ、ニュージーランド（ＮＺ）に行くことになったのである。

二月下旬のその日、成田からＮＺに向けて旅立った。悪天候だったが、九時間のフライトでオークランドに着いた。ＮＺは晩秋だった。まずは、オークランドでの入国審査である。レースのために七日分、二十一食を小袋に詰めて持って行った。もとよりＮＺは植物検疫の厳しい国だから、持ち込む食料には十分注意しているつもりだった。ところが入国審査で「この荷物は？　食料？　その中身は？」と問われて逐一説明したのだが、その中で一言「ハニー」と口を滑らせてしまった。途端にレッドコーナー行きを指示され、折角詰めてきた二十一食を全部バラバラに広げさせられた。小さなカプセルに入った蜂蜜なのに、そのハニーをピックアップしろと命令は厳しかった。まさにゴミ箱をひっくり返したようなあり様で、この通関に一時間以上を要してしまった。それでもオークランドからクイーンズタウンへの乗り継ぎ便には、何とか間にあった。飛行機の窓からは、氷河によって削られた荒々しい山肌が連なって見える。山肌には氷河が白く光っていた。その氷河の造った大きな谷に向かって、山と山の間を回り込むように飛行機は降り立った。

クイーンズタウンは、南島南部の二千メートル級のサザンアルプスに囲まれて、ヒスイの湖と呼ばれるワカティブ湖の回りにある町だ。かつて近郊のスキッパーズ・キャニオンで金が発見され、ゴールドラッシュが起こった。やがて熱狂は下火になるのだが、鉱夫達が「女王が住むに相応しい町」と銘々したのがクイーンズタウンだ。

大会の集合場所は、クイーンズタウンからバスで二時間ほど北に行った所にあるリゾート地、ワナカである。ワナカ湖を囲む世界でも屈指の景勝地である。ワナカのリゾートホテルに着いたのは二十時過ぎだった。しかしまだ十分に明るい。ホテルの部屋に入るとすぐ、空港でバラバラにされてしまった荷物を全部広げ、二時間近く掛かって整理して、明日からのレースの準備を済ませた。重さは十一キロ。こいつを背負って走るのである。

出会いの時

リゾートホテルでの一夜が明け、午前九時、湖畔のホールに集まってミーティングが始まった。三十六カ国からランナーが集まってきていた。その中に、スペインのベアー女子などナミブ砂漠で一緒だった二人を見つけて、再会することが出来た。グレートレース好みの、同じような仲間がいるのである。ひと通りの説明が終わり、最年少のランナーが紹介された。十八歳のイスラエル人でとても利発な男であった。続いて七十歳以上の四名が紹介された。もちろんその中の一人が私だが、ナミブ砂漠の時とは違って競争相手が三人もいるのである。そして今回は、ハッピーと称する二十六人の日本人グループが参加していた。ランニング猛者の集まるグレートレースには一見場違いなグループで、揃って極彩色のふさふさした帽子を被っていた。四十代の女性を中心としたグループである。

続いてレースへのチェックイン審査が行われ、メディカル、装備品、それにエネルギー

（食料）の確認が終わると、ようやくレース参加のパスポートとゼッケンが渡される。今回は砂漠と違って雨と寒さ対策が重視され、帽子三個、手袋三組、防水カッパ上下、それに緊急時に必要なドロップバックの装備が求められていた。背負う荷物がそれだけ重くなるわけだが、その四十品目もの装備品のチェックは午後まで続いた。午後二時過ぎ、四台のバスに分乗してスタート地点まで移動。到着したテントサイトは、ワナカ湖を見下ろす丘の上に設営されていて、眼下には湖を囲んで点々と別荘地が広がっていた。

二十二番テントが割り振られ、レース期間中の生活を共にするテントメイトと顔を合わせた。オーストラリアのリン、NZのリチャード、日本の猪狩、アメリカのルシール、中国のリー、そして私の六人だ。テントの中に丸くなって座ったが、みんな表情が硬く、気難しそうなルシール、無口なリチャード、それにリン

は意地悪そうにも見えた。内心「これは大変だぞ。」と思ったが、北京から来たリーが流暢な英語で「お互いに自己紹介しましょうよ。」とリードする。リーはなかなかの美人で、人を引きつける魅力を持っている。すかさずそれに反応したのが日本の猪狩で、彼は大使館勤務の外交官だという。猪狩の話が愉快だったこともあって、話題は過去のレース体験や家族のこと、仕事やそれぞれの国の少子化対策にまで広がった。リーは如才なく、人あしらいも上手かった。英語の下手な私は、ナミブに続く参加であることなどを話し、最後に「プリーズ・コール・ミー・ヤッチャン」と付け加えた。この六人と七日間のレースを共にするのだ。しかしレースは思わぬ展開を見せるのであったが、この時は知る由もなかった。

第一ステージ　Ｍｏｄｅｒａｔｏ

寝袋の中で寒さに震えながら目を覚ました。テントサイトは標高千七十二メートルの山の上に設けられていて、辺り一面枯れ草が生い茂っている。至る所に羊の糞が散らばって

いて、羊達がひと夏を過ごしたところだと容易に想像される。ニュージーランドの山にはほとんど樹木がないが、それはキャプテン　クックの上陸以来二百年余で、白人と羊があらかたハゲ山にしてしまったからである。だからニュージーランドの山に残っているのは、羊が食べない棘のある木とススキのような草だけだ。それはともかく、私達はその羊たちが造り上げた二次的な自然の中を走るのである。

午前八時、辺りが明るくなり始め、百八十人余が枯れ草を踏み分けながらスタートした。すぐに山登りになって、急な登り下りが幾度も続く。ハアハアと息が上がり、これは大変な山岳レースだと気付くのに時間はいらなかった。結局、その最初の激しいコース十キロに、二時間半も費やしてしまった。その後やっとフラットになったが、そこは水路沿いの畦道だった。繁茂している草をなぎ倒していくランナーの足跡が一本の道を作っていた。だが、時々ぬかるみに足を突っ込んだり、水路に進路を阻まれて、ジャブジャブと水路を渡らなければならなかった。等高線に沿って流れるその水路は、その昔ゴールドラッシュ時代に砂金を洗い出すために作られたらしい。水路に沿って二十キロ近く走ると、今度は深い谷底に下りていく。すると突然、そこに半ば朽ちた巨大な水車が現われた。かつて金鉱石を仕分けした水車だという。

ともあれ「これは砂漠レースよりも、遙かに大変なレースだ」と思い始めていた。実際に山岳トレイルの四十二キロになっているし、その分背中の荷物が肩や腰に食い込む。疲労困憊しながらも、十八時近くなって麓のキャンプサイトに入った。傍らに細い疎水が流れていた。たまらずにその疎水で体を洗い、ついでに汗が染み込んだシャツも洗う。羊の糞尿が溶け込んでいる水かもしれないが、そんなことにはかまっていられなかった。

この日の門限は二十時だったが、暗くなり始めても多くのランナーがまだ帰ってきていなかった。大会事務局は、やむなく門限を一時間延長すると発表した。日本人チーム「ハッピー」は、真っ暗になった山の中から集団で現れた。何人かが「良く頑張った」と励ましてはいたが、かなりのメンバーが嗚咽をもらしていた。この日の四十二キロをやっとの思いでクリアしたのである。とはいえ、この日のコースはModerate（ほどほど）であって、翌日はDifficult（困難）になるのだが……。誰もが不安を感じていて、それはとんでもなく苛酷なレースになる予感でもあった。

第二ステージ

翌朝、レース一日目で参加者の二割近くがリタイアしたのが分かった。昨日のコースが、あまりにも大変だったのである。

早朝、レースは穏やかに始まった。まずはカワラウ川に沿って、ブドウやサクランボの畑の傍らをジリジリと登っていく。

河岸段丘の景色が美しく、早朝の澄んだ空気と相まって、前日と打って変わって快適

だった。しかし、最初のチェックポイントを過ぎると、その快さは一変する。どこまでも限りなく登っていく。日本の山のような樹木がないから、遙か彼方を登っていくランナーの姿が峰に沿って点々と続いているのが見える。その彼方を見上げて「あそこまで行けば、きっとピークだろう。」と何度思ったことだろうか。だが、山の尾根が近くなると、登り道はその遙か彼方のピークへとまた続いているのだった。

この日の最高地点は標高千三百四十二メートルだったが、登り下りを限りなく繰り返していた。ニュージーランドには千メートルから二千メートルの山が無数にあり、山々が連なって国土を成しているのだから、トレイルコースの設定は簡単にできる。ようやくピークに到達すると今度は真っ逆さまに谷底に向かっていく。その谷底に下りてみると、案の定、コースを示すフラッグは再び別の山に向かって続いているのだ。道幅は山の斜面を削って作られた三十センチほどのものだ。山の中腹を等高線状に回り込んでいく。所々で大きなススキのカブが行く手を塞ぎ、棘のある草があちこちから突き出ている。前後にランナーの姿はなかった。異国の山中をたった一人で走っている。まるで音のない夢の中に迷い込んだようにも思われた。その時「アッ」と叫んだのかどうか、膨らんだススキの株に足を取られた。足首をきつく捻って転んだのだが、その途端、大きなリュックに振り回されるように崖にズリ落ちてしまった。落ちる瞬間、枯れ草をつかんでいた。体は辛うじて崖にぶら下がっている。谷底への転落は免れたが、右足首にかなりの痛みがあった。「誰か助けて！」と叫んだところで、前後には誰一人いないのである。やむなく枯れ草にぶら下がって痛みの引くのを待った。それにしても、音すらしない異国の山中で、たった一人崖にぶら下がっている心細さは半端ではなかった。少しすると痛みが治まってきたので、足がかりを探ってソロリと体を引き上げ、道に這い上った。捻挫が心配だったが、どうやら大丈夫のようだ。ようやく山を下りると、今度は湿原に入り込んでいた。その湿原の所々に道しるべとなる赤いフラッグがみえる。そのフラッグを追って真っ直ぐ進んでいくと、突然行く手を固い棘で覆われた林に遮られた。進めなくなって少し引き返すと、フラッグは左にコースを変えていて、湿地帯の端を回り込んでいた。やがて谷に下りると道は途中で途切れ、フラッグは川の向こうに続いている。やむなく、氷河が溶けて流れたおそろしく冷たい川を渡り、向こう岸によじ登ると、そこには切り立つような山が立ち塞がっていた。「もう堪忍してくれよ。」と呟きながら、山に取り付く他なかった。

この日のコースは、本当にトリッキーだった。それはコース設計者の悪意というよりも、ニュージーランドの自然がコースを奇想天外なものにしていたのである。私達ランナーは、そのコース設計者と根気比べをしているのだった。

疲れ果て、凍えるような冷たい風が吹く中、山頂にある国際クロカンコース近くのテントサイトにやっと到着した。空は黒い雲で覆われ、やがて雨が降り始めた。後続の丸ちゃん達が気がかりだったが、テントに入って着られる物をすべて着込んで、早々に寝袋に潜り込んだ。大会事務局は、この日も門限を二十一時まで延長した。テントの外では、寒さに震えながらゴールしてくるランナーの声が続いていた。凄いコースだった。目をつぶっても興奮していて眠れない。寒いのか暑いのか、それすらも定かでなくなっていた。この日、テントメイトのリン（オーストラリア）とリー（中国）がリタイアして、テントメイトは男だけになった。

第三ステージ　Steadfast

翌朝、心配していた雨は降っていなかったが、依然として南極方面からの冷たい風が吹き付けていた。それもあってか、この日の朝の時点で既に六十一人（参加者の三十パーセント）がリタイアを宣言していた。確かに昨日の山や谷は、想像を超えるスケールだった。私自身も大変な思いをしたが、初心者の多いハッピーはさぞかし大変だったろう。だが、何人かを除いて意外に健闘していた。女性は逆境に強いのだろうか。それはともかく、この日の朝になって大会事務局は急遽、予定していた四十二キロから三十四キロにコースを短縮すると発表した。距離は短縮されたが、この日は標高千九百三メートルまで登らなければならなかった。参加ランナーは百二十数名に減っていた。

NZは、クロスカントリーが盛んな国だ。そのクロスカントリー大会のために整備されたコースに沿って、山に分け入っていく。最初のチェックポイントを過ぎると道がなくなり、急勾配の山の斜面を目印のフラッグを追って這い上るように進む。標高が上がるに従って、昨夜来の雲が濃い霧となって、下から吹き上げて来るようになった。やがてその霧が山全体を覆い、フラッグすら見えなくなった。冷たい霧が猛烈な突風となって吹き付ける。先行者を見失うまいと必死になって追いかけた。「遭難」と言う言葉が頭をよぎった。軽装で冬山登山に来てしまった状態なのである。しかも視界は数メートル。それに凍えるように寒い。やむなく大きな岩の風下に入って、風に飛ばされそうになりながらウインドブレーカーと雨合羽を着込んだ。この山頂を何とか乗り越えなければ遭難してしまう。しかし乗り越えたところで、この悲惨な状態が一体どこまで続くのだろうか。そう思い始めた頃、コースはやっと下りに入った。下り始めてしばらくするとようやく霧が晴れ、遙か彼方へと続く山並みが眼下に広がっていた。うねうねと続く山肌を、ランナーが蟻の列のように点々と続いていた。助かったのである。

やがてコースは、左側の谷へ折れた。すると眼下にパノラマが広がった。それは氷河が造ったカール（氷河の浸食によって作られた場所）で、谷底には牧場や植林地が広がっている。その谷底の片隅に、今日のキャンプサイトらしき小さなテントの群れを見つけた。あそこまで下りれば今日のレースは終わるのだ。自分にそう言い聞かせるのだが、急な下り坂は延々と続き、キャンプサイトは一向に近づいてこない。急な下り坂は、ランナーにとって足への負担が登りよりも一層大きくなる。下り続けること一時間半、牧草地の一角に作られたテントサイトに到着した。走行距離が短縮されたお陰で、この日はまだ陽のあるうちにゴールできたのである。今日こそはみんなゴールできるのではないか。嬉しいことに、テントの近くに小川が流れていた。ゴールしたランナーは、川に入って足の筋肉を冷やしたり、くつろいでいる。しかしこの日、アメリカのルシールが途中でリタイアして帰ってこなかった。テントメイトはレース三日目にして三人になってしまった。

第四ステージ　Be persistence

夜半に強い雨が降った。雨がテントを叩く音で目が覚めると、近くをトラックが走っているかのような大きな音が響いている。どうやらたくさんの牛が一斉に鳴き出して、それが谷底に響いているらしい。雨の少ないこの時期、或いは牛たちにとって草を育む雨は恵みなのかもしれない。

午前六時、ヘッドライトの光の中で身支度をし、テントの外に出ると、そこには一面の星空が広がっていた。レースは雨に濡れた牧草地を抜け、草原から幾つもの川を越え、さらに山に登ることから始まった。標高千五百十八メートルまで一気に登るのである。標高が上がるに従って、眼下にはコバルト色のワナカ湖が広がっていく。延々と登り続けて四時間あまり、そのピークに着いてホッとしたのも束の間、ピークの向こう側は断崖絶壁で、落差が千メートルはあると思われる谷底が真下に見えた。コースはなんと、その絶壁の縁をぶら下がるように続いているのである。一瞬息を飲み、恐怖に足が震えた。しかし先行ランナーはここを渡っていったのであり、さすがにここまで来て引き返すわけにはいかない。覚悟を決めたが、十センチほどしか足場のない絶壁でつかまる木すらない。真下は目も眩むような谷底である。これが日本の登山道なら、ロープや鎖が渡してあるだろうし、さもなければ通行禁止になっていてもおかしくはない。しかしこの国ではすべてが自己責任である。落ちて死のうが、誰の責任でもないのであった。このレースへのチェックインに際して、何枚もにサインしたことを思いだしていた。確かにその中には「すべての責任は自分自身にある。」とあった。それにしてもこのグレートレースに、こんなにも危険な場面が設定されているとは思いもよらなかった。ここで足を滑らせれば間違いなく命はない。十五分ほどかかって、どうにかこうにか切り抜けた。やれやれと思う間もなく、その後もズルズルと滑り落ちるような斜面が続いて、生きた心地がしなかった。

やっと尾根に出て、そこを登り切ったその時だった。突然、絶景のパノラマが広がった。真下にはワナカ湖を中心にコバルト色の湖が幾つか広がり、その回りは緑色の牧草地である。空は青く澄んで向かいの山には氷河が光っている。この地の創造主が、思いのままに造り上げた、とでもいうような美しい桃源郷を俯瞰しているかのようだった。コースの設計者は、このドラマチックな展開を演出したいがために、敢えてあんなにも危険なコースを選んだのだろうか。普通は「絵のような」と表現するのだろうが、どんな美しい風景画でもこの景色の前には見向きもされないだろうと思われた。

しかし立ち止まっているわけにはいかない。コースは遙か眼下の谷に向かってまだまだ続いている。つづら折れの坂道を下って四時過ぎ、枯れ草が銀色にたなびくキャンプサイトに入ることが出来た。あの谷渡りでは何人かがリタイアしたらしいが、幸い滑落者は一人もいなかった。危険であればあるほど慎重になるから、思いの外事故は起こらないのかもしれない。それにしても凄い一日が終わったのである。

第五ステージ　The Long March

このレース最大のクライマックスとなるオールナイト七十六キロである。最大の問題は天候だが、予報では午後からかなりの雨になるらしかった。肌寒い風が吹く中、真っ黒な雲に覆われた空を見上げながら気を揉んでいると、「今日のスタートは九時」とアナウンスされた。昨夜遅くなってゴールしたランナーへの配慮らしい。ともあれ時間は明日の夜明けまでタップリとあるのだから、今日はレース終盤を楽しんでやろうと思っていた。

実は昨夜、丸ちゃんから「明日は夜が怖いから一緒に走って！」と言われていた。既にこれまでの四日間で競争相手のシニア三人とは四時間近く差をつけていたし、二人で走ることができればこちらも心強かった。

枯れ草を踏み倒して、ランナー達が一本の道を作っていく。その道は山裾を縫うように登っている。やはり今日も山登りから始まった。やがてピークを迂回して下り始め、今度は湿原に踏み込んでいく。羊の放牧場なのか、幾つもの垣根（有刺鉄線）を跨いだりくぐったりしつつ、やがてワナカ湖の畔に出た。湖とはいえ、この日のワナカ湖は吹き付ける強風で大きな波が岸に打ち寄せていた。空を見上げると湖の向こうには真っ黒な雲が迫ってきていた。その湖畔の道を上下しながら回り込んで、やがて山越えにかかる。強い雨が降り始めたのは、その登坂の途中からだった。慌ててポンチョを被ったが、強風に煽られて何の役にも立たなかった。ニュージーランドの気候を甘く考えていたようだ。

標高はどんどん上がって行くが、雨は強くなる一方だった。やがて道はドロドロにぬかるんで、途中で冷たい川を渡るのだが、びしょぬれで泥だらけの身には、それすらも苦にならなくなっていた。これぞまさに耐久レースであった。

五十三キロ地点で十九時を回っていた。雨の中に立ったままで軽く食事を済ませ、ヘッドライトを装着して先を急いだ。「いつか終わりが来る。」自分にそう言い聞かせていた。残りの距離は二十五キロに過ぎない。何とか午前二時までにはゴールしたい。考えるのはそれだけだった。風と雨はますます強まってきた。手が凍えるが、何とか耐えられると自分をひたすら叱咤していた。

ヘッドライトの光を頼りにフラッグを探しながら、丸ちゃんと二人で走っていた。すると、暗闇の中で男が大声で怒鳴っている。しかし何を言っているのかさっぱり分からない。この寒さの中で、多分「がんばれ」と激励してくれているのだろうと思いつつ、ひたすら先を目指した。ところが暫くすると先行していたランナー達が次々と戻ってくる。コースが折り返しに変更されたのだろうか……。それにしても変だ。事情を聞きたくても真っ暗な中だし、言葉の壁は大きかった。丸ちゃんと二人、不安を抱えたまま先を急いでいた。それから二キロほども進んだだろうか。一人の男が手を広げて「ストップ。ゴーバック！」と叫んでいた。戻ってどこへ向かえというのだろうか。わけが分からないでいると、闇の向こうから「ヤッチャン」と呼ぶ声が聞こえた。テントメイトのリチャードだ。リチャードの説明によると、悪天候でレース続行は危険とみなされ、中断された。五キロほどバックして、そこからテントサイトに誘導するらしい。先行したランナーの一部は腰まで水に浸かって河を渡ったという。だが今はさらに増水しているらしい。また、後続のランナーは低体温症で続々とテントに収容されているとも言った。そして「ヤッチャン、ゴーバック！」とリチャードは力を込めて言った。

進んできた道を引き返して一時間あまり、私達はやっとテントサイトの光を目にしていた。緊急用のドロップバックが渡され、すぐに着替えろという。寒くて体がガクガクと震えていた。暗闇の雨の中、自分のテントがどこなのか分からないでいると「ヤッチャン、カムイン」とリチャードがテントの入り口を開けて叫んでいた。そのテントを強い雨が打ちつけている。「やっと終わった。」と安堵したが、興奮は続いていた。先行していたはずの猪狩はまだ帰って来ていなかった。

しばしの寛ぎ

目を覚ますと、リチャードがテントを開けて外を見上げていた。そして「It's cludy, but it's fine.」と言っている。寝袋から這い出して空を見上げると、空は雲に覆われていたが、どうやら天気は回復に向かっているらしい。テントサイトの真ん中には、ランナー達が三々五々集まって、ゆったりと朝食を取っていた。この日はレースのない唯一の寛ぎの日なのである。途中のテントに収容されていた一部のランナーも、朝になって帰ってきて、薄日が差し始めたテントサイトに元気な姿を見せていた。三十六カ国、国はそれぞれ違うが、和やかに笑い合っている。嵐のレースをやり過ごした安堵感だろうか。昨夜のレースが苛酷だっただけに、より一層開放感に満ちあふれていた。濡れた衣服や寝袋を干し、川の畔に椅子を出して寛いでいる。日本のハッピーの皆さんが、「ダルマさんが転んだ」を始めていた。それを面白がってヨーロッパ人が加わったりして、何もすることのない一日なのであった。

総標高差一万メートルを超える今回のレースは、レーシング・ザ・プラネットのレース史上最も過酷なレースになったようだ。門限を遅らせたり、コースを縮めたりしたにもかかわらず、この時点で既に半数近くがリタイアしていた。レース中、何度か「死」を連想することもあったのに、今はもうすっかり忘れていた。日々の人生の歳月と同様に、過ぎ去ってみれば束の間の出来事になっていくのである。それにしても、このレースが非日常の最たるものであることは間違い

なかった。いろいろとあった二百五十キロのレースも、翌日の十五キロを残すだけになっていた。走った距離がそれぞれ異なってしまった昨日のレース結果は、それまでのラップタイムから逆算して決定することになったようだ。

ファイナルステージ

物事の終わりというものは、いつも素っ気ない顔をしてやって来る。今朝もこれまで同様にブリーフィングが始まって、

「距離は十五キロ、近くの景色の良い「丘」を一回りして、この出発点に戻るのだ。」

と説明された。背中の荷物は軽くなっているし、最後の十五キロだと思うと気持がうきうきした。だから誰もが気負ってダッシュしていく。一昨日、一緒に苦労した丸ちゃんでさえ、私を置いてドンドン先に行ってしまった。

最初は、ＮＺに残り少ない原生林を抜ける所から始まった。国土が丸裸になったこの国にも、一部だけだが原生林が保護されて残っているのである。照葉樹林を抜けると、沼地

や牧草地を越えていく。やがて登りに入ってどんどん標高を上げ、ワナカ湖が眼下に広がって見える高さになった。「これが丘かよ。」と呆れていると、ピークを過ぎて驚いた。山の向こう側は、谷底に向かって真っ逆さまに下る急斜面。踏ん張りどころのないズルズルと滑り落ちる斜面で、うっかりすると数百メートル下の川まで滑落しそうだ。何が「丘」なものか。崖の切り立つ立派な山じゃないか！　コースの設計者は最後まで手を抜かなかったのである。

結局、三時間近くも要して、ゴールゲートをくぐり抜けた。ゴールでは、丸チャン達がビールを飲みながら待っていた。この大会としては珍しい配慮で、大きなハンバーグとビールが準備されていたのである。一週間ぶりに口にしたアルコールは、スウッと体中に染み込んでいった。今回のレースも終わったのである。

バスでクイーンズタウンのホテルに戻り、顔中真っ白になった髭を剃った。レース後のレセプションは、街の中心部にあるホテルで開かれて、今回も年代別トップで表彰台に立った。想像を絶するレースだったが、何とか生き残ったのである。帰国してウエブサイトを見ると私の写真がアップされていて、「七十一歳でもこのコースを十分走ることが出来た。」とコメントされていた。十分かどうかはともかく、死にそうになりながらも懸命に走りきったことだけは事実であった。

アグレッシブな羊達

今回のレースを振り返って、「何と苛酷なレースを走り抜いたものだ」と思う。その苛烈さは、前年のナミブ砂漠のレースをはるかに上回っていた。レースを終えてホテルに帰り、一週間ぶりに鏡に映る自分の顔を見た。顔一面に羊のように白い髭が伸びていた。その白さはレースの疲れなのか、それとも寄る年波なのか。それにしても、この苛酷なレースを走りきったのだから、この体と生命力を褒めてやるべきだろう。

実を言うとこのワナカに入るまでは、羊の群れが草を食む草原を走る程度に甘く考えていた。それが実は危険すら伴う大変な山岳レースだったのである。コースはすべて山また山、そして谷や川を越えて息つく暇もない、まことに激しいものだった。

さて、羊の話である。私達はＧＯの合図と共に、重い荷物を背負い山や谷に向かって駆り立てられていく。誰一人として文句を言うわけでもなく、ただひたすら黙々と山に向かっていくのである。その姿はまことに従順で、いつ終わるとも知れない急登の連続、奈落の底に落ち込むかのような深い谷に下り、冷たい川を何度も渡っていく。しかし、山や湖の織りなすパノラマは、レースの苛烈さとは裏腹に、得も言われぬ美しさだ。

レースの厳しさは、最初の二日間で六十一人ものリタイアを出したことでも明らかだ。最終的には、関門時間の延長やコースの短縮にもかかわらず、約半数のランナーがリタイアしていた。しかしレースを終えてみれば、その厳しさは安堵と一抹の寂しさへと変わっていた。どうやら人間は、苦しいことは早々に忘れ去り、楽しいことだけを記憶に残すように出来ているらしい。今回は、延べ一万メートル余の山を登り、谷に下り、沼地を辿って走り続けた。走りながら気を紛らせようと、羊の群れに向かって「オーイ、何を考えているのだ？」と言って見た。すると「ウメエェ〜」と答えて、相変わらず黙々と草を食んでいた。草が旨い

と言うのだろう。そう、羊は食べるために生きている。だが私達は、生きている限り何事かを成すために食べているのである。今回のレースにしても、私達は決して追い立てられる羊ではなかった。自らの意志で、想像を絶する苛酷なレースに挑んだのである。レース前に新調した靴は、ボロ靴へと変わり果てたが、それすらも誇らしく思えるのであった。

【NZ余話】

NZは、物価の高さを少々我慢できるなら、景色はいいいし、落ち着いていて住みやすいところだ。静かな佇まいは人口が少ないからだが、この国ではキャプテン　クックの上陸以来、広々とした所に羊を放牧してゆったりと生活してきたと言える。

だが近世に入って、羊毛はさっぱり売れなくなってしまった。それで国は総力を上げて、羊毛に変わる産業を育ててきた。それは、富裕層を移民としての受け入れることだったり、国全体を観光地にすること、そして日本向けの木材生産だったりする。木材産業は、羊が放牧されていた牧草地にラジアータ・パイン（米松）を植林することから始まった。ラジアータ・パインは驚くほど成長の早い松の一種で、植えてから二十五年程度で伐採適期を迎える。例えば半径一キロの牧草地に植林し、その中心に集成材工場を建設、時計回りに毎日伐採・集材して二十五年で一周する。次から次へと植林していくのだが、そうすれば永遠になくならない資源になる。もともと羊の暮していたところだから、緩傾斜だし道だって自在にできるわけだ。木材は節を抜いて集成材としてドアや柱・壁などに加工され、日本の住建向けに輸出するのだ。急峻な日本の林野での林業に比べれば、面積を広げるのは自在だし、はるかに安価に生産できるのである。

さて、ＮＺの観光産業である。ＮＺの自然景観は、ヨーロッパ人と羊が二百年余に渡って造り上げたものだ。二次的自然だが、人間にたとえればヌードを眺めるようなもので、大自然の見事な造形が牧草という薄衣をまとって横たわっている。当然ながら、その造形を舞台にしたアウトドアレジャーは無尽蔵ともいえ、私達が走り回ったのは、クイーンズタウン近郊のほんの一部の山々に過ぎなかったのだ。

レースが終わった翌日、少しばかり観光客の気分を味わった。アウトドアもさまざまで、日本から参加したあるグループは、セスナで飛び立って四千五百メートルからのスカイダイビングに挑戦した。また、彼らはヘリコプターで自伝車を吊り上げ、山頂から滑降を試みたようだ。私達（私と丸チャン、息子さん）は、ジェットボートに挑戦した。NZはジェットボート発祥の地で、私達が向かったのはワカティプ湖に注ぐショットオーバー川だ。巨岩が幾つも突き出した狭い渓流を、時速八十キロ余のスピードで岩を縫って走る。止まるかと思えば、くるりと一回転したりしてスリル満点なのである。肝の小さな私は、座席の前のバーにしがみついたまま終わってしまった。まぁ、前日までのレースのスリルに比べれば、アッと言う間の出来事だったけどね。

クイーズタウン名物の一つが、巨大ハンバーガーだ。これを並んで買い求め、ワカティプ湖の畔でカモメを眺めながら食べたのも立派な観光だ。エキサイティングなレースの後ならではのひと時だった。それも束の間、自転車を借りてワカティプ湖周回のサイクリングに出た。痛めた筋肉のリハビリを兼ねてのサイクリングで、爽やかな澄んだ空気と景色に癒やされた時間だった。

夕方になって、街中で生ライブをしているオープンガーデンに入った。音楽を聴きながら、この土地のご馳走を頂いたのだが、そのビーフやチキンが何と巨大だったことか。まだ高い西日に照らされながら、それをみんなで分け合って食べ、レースの余韻に浸っていた。

ブログ「山草人の老いらく日記」より

目次

君は幸福か？……169
人生の勝ち負け……170
程々の人生……172
開花期と結実期……173
私の脳トレ……176
いい歳になって……178
老いは気から……180
爺さんは山へ……181
生と死の深淵……183
人生の成否……185
時代の残照（会津）……186

ブログ「山草人の老いらく日記」より

人と生きる空間……188
人生を面白く……189
孤独の美学……191
郷土を愛して……193
生々流転……195
人生の果て……196
君は、楽しめているか……198
ホントの自分……199
六十才からの収穫……201
雨奇晴好……202
変わらぬ日常……204
読書と趣味……205
時の充実……207
歳を取る意味……209
真面目なＡＩ……211

老年期の間合い……212
命なりけり……214
自分を褒めてやろう……216
老年のモチベーション……217
農の奥行き……219
老いの実装……221
人生に定年なし……222
砂漠のファンタシア……224

君は幸福か？

今日もたっぷりと、それなりに忙しく過ごすことが出来た。朝の立哨（子ども達の見守り）の後は、いつもの山の杣道を走るランニングの三時間余。午後は初めて栽培するニラの定植とニンニクの収穫であった。ブドウ達は少し油断すると無駄な枝が繁茂してしまうのだが、順調に果房を成長させている。掘ったばかりのニンニクは、あまりにもみずみずしいから一つだけ蒸し焼きにして食べることにした。

ところでこの歳になっても、依然として青臭い「幸福」の話である。幸福とは、充実して生甲斐があって、価値ある人生だと実感出来ることだ。幸福には未だ見ぬ「青い鳥」を追い求めるイメージがあるけれど、ホントの幸せは自分で創り出すものだろう。

実のところこの私も、随分と「青い鳥」を追い求めてきたような気がする。子どもの頃は「勉強すれば、幸せになれる。」などと言われて急き立てられた。職場での日常は、表面はともかく水面下では冷徹な出世競争がベースだった。その職場では幾つもの失敗をしたし、思わぬ成功もあったりしたが、幸せと言うよりも無我夢中だった。それに少しばかり昇進したからって、幸福感に浸っていられるほど人生は単純ではなかった。

少年の頃、「金があったら、幸せだろう。」と思った。貯蓄しようという気はあったが、ケチなわりに金を貯めることも下手だった。それに負け犬の遠吠えだが、仮に金があっても、幸せというわけでもないだろう。子や孫の存在は、それこそ人生の最大の成果のはずだけど、色々とあって悩みは尽きず、事はそんなに分かり易いものではない。

要するに、自分が納得出来る範囲の幸せ(例えば、たわわなブドウの稔りなど)を創り得るかどうかだと思う。毎日毎日、細やかな幸せを積み上げて行くに越したことはないのだ。

人生の勝ち負け

私達団塊の世代は、生まれ落ちてからずっと競争の渦中にあって、例えば私などは、「定員超過につき、入園できません。」と、幼稚園に通うことも出来なかった。学校に入ると、一クラス五十人を超えるすし詰め教室だったたし、高校・大学への進学に際しては、狭き門の受験戦争と言われた。結婚適齢期になると男女の数が著しくアンバランスになっていたから、同級の女性達は年上の男を見付けられずに、結果として「年下の男の子♪」を探さざるを得なかった。就職時には高度経済成長に助けられはしたが、要するに常に競争を強いられた典型的な世代で、「彼奴に負けるものか！」と勝ち負けに拘ってきた群れである。

その人に勝つことに価値を見いだしてきた団塊の世代が、こぞって七十歳の峠を越えたのである。流石に七十年も生きてくれば、人生は人との比較ではないと分かるのだが、その競争の性根は生きている。格差社会が流行語になった頃、「勝ち組」「負け組」なる仕分けを強いられたことがある。あの頃は「俺は、勝ち組だよな！」と、心ならずも同世代の仲間を見下してしまった。所詮は落ちこぼれていない事の確認に過ぎなかったのだが、押し並べて人に負けることは敗北だと思っていたのだ。

もとより勝ち組なんてひと握りのグループに過ぎないのだろうが、それでも自分はその隅っこにでも座っていたかった。しかし人生は面白いもので、学校の成績優秀者がそのまんま世の中で成功するわけでもなく、逆に落第生のガキ大将が事業で大成していたりもする。家庭内暴力で崩壊する家族があるかと思えば、離婚して一人淋しく過ごす人もいる。

そんなこんなこの社会を達観してみれば、女房の下に付き従って小さくなっている私は、それでも多分人生の勝ち組だろうと思っている。所詮男などは種馬に過ぎず、囲碁・将棋のようには勝ち負けなど判然としないのである。ままならないのが人生だから、「痩せ蛙　負けるな　俺はこれにあり」と、自分を鼓舞しながら山を走っている。

程々の人生

世の中には人の数だけ生き方があるのだろうが、この歳まで馬齢を重ねてくると、自分の来し方を肯定したくなるものらしい。

気の小さな私は、常に控えめで、目立とうなどと思った事がない。むしろ慎重におよそ地味に生きてきた。目立てば当然風当たりが強くなるし、その風圧を無意識に避けたいと思っていたのだろう。だけど「人生、二度なし」、どうせ生きるのなら燃え尽くし、やりたいことをやって死ぬのが理想だろう。豊臣秀吉の辞世の句「露と落ち　露と消えにし我が身かな　浪速のことは　夢のまた夢」を羨ましく思ったりする。まさに時代の英雄は、その人生を突っ走って生ききったのである。しかし元より鈍才の私は、隠忍自重、思うに恐る恐る（殊更な冒険をせずに）生きてきたような気がしている。

世の中には、自分が世界の中心であるかのように自信満々な人もいる。誇らしげな自慢に、当時は『凄いなぁ』と感心させられたものだが、世間を知らない私にはとても真似が出来なかった。だが、自慢は時に慢心に成りかねず、人生はある程度自制し、ある程度の満足と空腹感を感じるくらいがちょうど良いのだろう。

ともあれ「過ぎたるは、及ばざるがごとし」であって、「そこそこ」で良しとしてきた自分を称揚したい気分がある。果たしてこれは自己満足なのか、それとも自慰なのか。まぁ〜、上を見れば切りがなし。およそ人生は、ほどほど（中庸の自覚）が肝心だ、と思うことにしている。

開花期と結実期

月に一度、仲間が集まって「人生を学ぶ勉強会」を開催している。

森信三先生の修身講義録などを教材に、お互いに意見交換をしていて、今回は「思考と実践、青春を如何に過ごしたか」がテーマだった。前半のテーマでは、先生は考えたことを実践に移すことの難しさを強調している。しかし問題なのは「考える習慣」がないことではないかと思っている。元来私達の脳はかなり怠惰であって、常に新しい刺激を与えなければ考えようとしないのだ。逆に脳が考えれば、その方向に向かって体を動かし、そして行動を始めればさらに脳が活発に活動するのである。つまり考えることは、行動すること以上に大切なことなのだと思うのだ。

では、どうすれば考える習慣が身に付くのかと言うことになるが、それは、その人の「生涯を貫くテーマ」を持つことだ。座右とか人生の目標などと言い換えても良いが、そのテーマのない人は、総じて考えない人だろう。仮に下世話だが、テーマが『金持ちになる』だったら常にそのことを考えるだろう。世の中の動きや投資情報、或は金融情勢への感度を高め、金持ちになるための行動もするはずなのである。つまり、行動しないのはテーマに向かう思考をしないからだと思うのだ。

ともあれ、今回の勉強会での私の関心は、後半の「我が青春」にあった。青春時代は、それを植物に例えればいわば開花期であって、その若いときは二度とないのだから、一般的に大いに謳歌するときだと思われている。しかし森先生は、「秋になって実を成らせる果樹には、春に美しい花を咲かせる樹木はない。」と言う。確かに秋の稔りを彩るミカンや柿、ブドウや栗などの花は、およそ地味な花である。一方、初夏に稔りを迎える桃や梅、梨などは春に見事な花を咲かせる。

それは一長一短あるわけだが、「はて、私はどうか?」と考えていた。言わずもがな、青春などなかったに等しいのである。学校を出て就職し、以来無我夢中で過ごしてきたからだ。浮ついた青春などあるはずもないが、それでも伴侶と巡り会ったのだから満更でもなかったのだろう。まぁ〜、例えればブドウの花のように、凡そ目立たない花だったのではないか。ともあれつらつら考えると、私の開花期(人生を分かり始めたとき)は、四十歳を過ぎた辺りだと思う。

余談になるが、花と果実にはそれぞれの必然性がある。地味な花を咲かせるブドウなどの果樹はすべて「自家受粉」だ。梨や梅は、虫や風の助けを借りないと受粉できない「他花受粉」の果樹だ。美しい花を咲かせるのには、それなりの必要性があるのである。それに他花受粉の果樹は、ハイブリッド効果もあって早期に果実を実らせる。一方の自家受粉果樹は、秋までのゆっくりとした時間が必要だという事になる。人間も同様で、パッと花を咲かせる人もいれば、晩熟でシブトク生きる人もいるってわけである。

私の脳トレ

ボケはどうして起きるのか分からないが、何となく私はボケそうにないと思う。いやなに、特別なボケ対策、あるいは脳トレをしているわけではない。しかし、呆けないと思う三つの要素があって、これが常に幾分鈍感な脳を刺激し続けているという実感があるからだ。

その一つがこのブログで、「山草人のモノローグ」から十五年余、既に六千日近く書き続けている。それは所詮独り言に過ぎないが、それでも書き続けるためにはそれなりにアンテナを伸ばし、行動と思考も必要になる。実はこのブログを書き続けることが、私をかなりアクティブにしてくれているし、物事を幾分掘り下げて考える契機にもなっている。

二つ目が適度な運動で、雨の日を除けば、ほとんど毎日三時間は山の中を走っている。山の尾根道を登り下りするトレイルランで、これが午前中の日課なのである。四季折々の自然を堪能しながら爽快な汗をかく。この有酸素運動が脳内物質（ＩＧＦ）の分泌を促し、脳神経細胞を増やしてくれる。脳を元気にしたかったら、適度な負荷をかけながら走ったり歩いたりするに越したことはない。

三つ目は作物を育てることで、年中幾つもの作物を栽培している。そしてこの春から秋にかけては、断然ブドウとの関わりが多くなる。ブドウは三月下旬に芽を出すと、グングンと新梢を伸ばし、花を咲かせ、みるみる実をつけてと、この間の成長の勢いには凄いものがある。この成長をコントロールするのが私の役割で、これは彼らとの競争でもある。少し油断すると徒長枝が暴走を始めるし、房だってはち切れてしまう。芽欠き・誘引・摘花房・摘粒・ジベレリン処理などと息つく暇もなく、それは収穫まで油断できないのである。

かくして、脳に刺激を与え続けているという次第である。我が愚鈍なりし脳とは言え、ゆめゆめサボってはいられないだろう。それでもなお呆けるのだとしたら、その時は観念するほかあるまい。

いい歳になって

四月下旬から、ずっと短パンで過ごしている。朝の街頭に立って子ども達を見守る立哨も、子ども達同様短パンだ。九十五歳になるお袋が、「寒いだろう」と気遣うが、マラソンはいつもランパンだし、どうということもない。人は「いい歳をして！」などと揶揄しているのかも知れないが、この七十代半ばの生活は、意外と「良い歳頃」なのだ。健康であれば、結構生き易いという意味である。

誠に申し訳ないが、働かなくても金（年金）が入ってくるし、終日時間は思いのままに使えて何でも出来るのである。それに加えて長年培ってきた体力故に、大抵のことは若い人達に負けず劣らずこなすことが出来る。しかして山登りやマラソン、日々のランニングや農作業三昧と、このコロナ禍でも可能な限り動き回っている。

とはいえ誰もが、押し並べて「良い歳」というわけではなく、同年配者でもその体力格差は歴然としている。うっかり「ウルトラマラソンを走る」なんて言うと、要らざる嫉妬を買うばかりか、奇人変人扱いされかねない。どうやら、人は平等には老いないものらしい。

ともあれ、老年「貴族」には「老いの十徳」がある。

一、すべての試験から解放された（運転免許の高齢者講習等はあるが）
二、毎日仕事に出掛けずとも、なにがしかの金（年金）が入る
三、タップリとある自分の時間を、思うままに使うことが出来る
四、小食になって、余り食べずとも動き回ることが出来る
五、勉強嫌いだったのに、勉強したくてうずうずしている
六、苦手な人と無理して付き合う必要がなくなった
七、異性を含め、気兼ねなく付き合えるようになっている
八、何があっても、多少のことでは動じなくなった
九、自然の移ろい、特に育てている作物の生長が楽しみだ
十、それらもろもろ、日々の生甲斐を実感できること

貴族とは、額に汗しなくても食べられる人のことらしいが、間違いなく私は老年貴族（良い歳）だと思う。

老いは気から

息子が結婚して、若い嫁さんが我家にやってきた。毎朝、「お父さん、おはようございます。」と挨拶してくれる。その新鮮で初々しい挨拶に、このロートルも遙か昔通り過ぎたはずの壮年であるかのような気になる。これが孫達ならジイジとなるわけで、その違いは歴然としている。孫達にオジイチャンと言われるよりも、嫁さんから「お父さん」と呼ばれる方がすこぶる気持が良い。

人間も生き物だから、それなりに長く生きていると髪が薄くなり、白髪が目立ったり何となく皺が増えたりして、要するに老人っぽくなる。私も例外ではなく、外見上それなりの年齢に見られるようになっている。しかし、体力測定をすれば、間違いなく四十代の体力を維持している。瞬発力、バランス能力、筋力だってそこいらの兄ちゃんに負けやしないのである。

その身体能力が体力なら、心の能力は「気力」だろう。人は、自分の置かれた環境に少しずつ影響され、人生の目標を次第に失って、その気力を萎えさせるものらしい。それが新たな環境に恵まれると、（例えば、若い奥さんを迎えるとか）俄然気力も若返るものだ。仮に気力測定なるものがあるとしたら、嫁さんのお陰で幾分若返っているのではないか。それにしても「病は気から」と言うように、老いというものも案外気の持ちようかもしれない。今回ばかりは、息子に感謝である。

爺さんは山へ

毎日、山の中を走っている。私が小笠山の杣道を走り始めたのは四十五歳位からで、現役時代は休日の午前中を仲間と共に山中を走った。それが定年を迎えてからは毎日になって、そのほぼ半日を山の中で過ごしている。山中（トレイル）の二十キロは相当に体力を消耗するが、それも慣れっこになっていて午後に疲労が残ることはない。

しかして午後は農作業をするのが常で、その多くを秋から春にかけてはホウレンソウ、春から秋にかけてはブドウ栽培に注力している。ホウレンソウの収穫は四月末までで、ブドウの生長が旺盛になる頃に終えることにしている。

畑仕事の醍醐味は、自分の作業の跡（成果）と作物の生長を景色として眺められることだ。時に病害虫と戦うこともあるが、それも園芸家の才覚である。

私のお袋は九十五歳になるが、毎日日記を書くだけでなく、その日に出来る自分の仕事を探している。草刈りやら片付けやら、息子が少しでも楽になるように助けたいというのである。童話「桃太郎」の爺さんは毎日山へ柴刈りに、お婆さんは川に洗濯に行く。どうやら人が生きるには、なにがしかのミッションが必要なのである。

私の生涯を通じた自分のミッションを考え始めたのは四十過ぎからで、山に通うことや作物を育てることを少しずつ始めていた。それから三十年、それが結果として運動能力を高めることになり、多少のお小遣いと、額に汗する歓びをもたらしてくれたのである。それに何事かに熱中することで、余分なことを考えなくて済んでいる。やはり、爺さんは山に行くべきなのである。

生と死の深淵

京都から熊野までは片道三百キロ、その山道を二カ月近くかけて往復したのだから、熊野詣では大変な旅である。しかもその道は、山また山、谷や川を越える難路が熊野に向かう道筋だ。平安の昔から、そんな大変な旅が延々と続けられてきたのは何故なのだろうか。その秘密が、熊野には生と死の結界があるとされていたからだ。

熊野には熊野本宮大社（スサノオノミコト）、熊野速玉大社（イザナギノミコト）、熊野那智大社（イザナミノミコト）が鎮座している。それぞれが、熊野の聖地である。確かに、その三大社に参詣することが熊野詣のハイライトではあった。さりながら、その伏線に妙法山阿弥陀寺と補陀洛山寺を結ぶ死のライン、そして那智の滝から南に延びる生のラインが交わっている。まさにそれこそが、生死の結界なのである。

今回の熊野古道の旅は、紀伊田辺から那智への大辺路を辿って来た。そしてその最後に、死と隣り合わせとも言える補陀洛山寺を訪ねたのである。インドから流れ着いた行者の創建とされ、「渡海上人」で知られる大変に古い寺である。この寺で修行した僧侶が還暦を迎えると、小舟に乗せられて沖に流され、極楽浄土へと旅立つのだという。そして平安の昔からの八百年間に二十五人（三十年に一人）が渡海上人になって、海の彼方に消えていった。仏法の修行を遂げてその成果として浄土へ旅立ったのだから、それは本望かも知れないが、現実は小舟の上に作られた小屋に閉じ込められ、僅かな食料と共に熊野灘の沖に流されたのである。果たして、その舟上の人となった僧侶は、どんな心境でその生涯を終えたのだろうか。

ともあれ熊野には生と死の境目があると信じられ、その熊野に詣でれば長命が約束されると信じたればこそ、人々は大変な長旅の苦労を敢えてしたのである。補陀洛山寺の故事を現実の話として聞くにつけ、人間とは、私達の命とは何かと改めて考えさせられる。その補陀洛山寺の境内には、上人の渡海に使われたと同じ笹舟の側らに、樹齢八百年の大楠がそびえていた。

人生の成否

人生に失敗も成功もないのだろうが、何となく「俺の人生は、成功さ！」と努めて思うようにしている。もちろんその道程は、試験に落ちたり交通事故に遭ったり、対人関係で苦い思いをしたり、女を見る目がなかったり、仕事が滞ったりと、累々たる失敗や悔悟の山を築いてきたのではあるが。それでもトータルとしては、我が人生は成功なのである。

そもそも人生なんて思い通りになるものでもないし、実際にも何一つ思い通りにはならなかった。しかしこの歳になると、物事を一面ではなく全体を俯瞰して見られるようになる。思わぬ対人関係のトラブルがその後の人付き合いを豊かにしてくれたし、妻君との確執だって人生の何たるかを学ばせて貰った。すべからく、失敗は成功の母なのである。

考えてもみよう。これまでとにもかくにも雨露をしのぐ家に住めたし、貧しくとも毎日食べるものにありつけたのである。地球人口の三分の一以上の人々が飢え、あるいは戦火に脅えていることを考えれば、それだけでも幸福というものだろう。しかるに、風呂もトイレもあるそれなりに清潔な家に住み、乾いた布団に寝て、Ｔシャツだが洗濯された衣服を身に着けている。おまけに味はともかく三食食べられるし、小説を書いたりランニングしたり、時には小旅行を楽しんでいる。これはもう天国と言うべきではなかろうか。それは妻君のお陰でもあるが、我が人生ここにあり、良くやってきたではないかと褒めてやりたいのである。馬齢とは言え、歳を重ねると人生のそれなりの機微を味わえるのだから、重ねて我が人生も捨てたものではないと思うのだ。

時代の残照（会津）

この五月の二日間、下野街道四十九キロ（会津田島から会津若松）をマラニックしてきた。新緑の会津は、それはそれは全山が萌える緑で溢れ、東海地方の緑とはかなり異なった趣があった。それに静岡と比べると会津の春は一カ月くらい遅く、満開のチューリップや八重桜が色を添えていた。

下野街道は、日光街道や中山道など全国に伸びた五街道の脇街道だが、中々の歴史ある街道だ。会津藩は元より、仙台藩などの参勤交代の際の道筋だったし、秀吉や伊達政宗、幕末には吉田松陰もこの街道を辿っている。とはいえ、さすがに今ではこの街道を通る人は少なくなって、かなり荒れ始めている。しかし、一里塚や道祖神など、その昔の風情をかなり残している。その典型が大内宿で、江戸時代そのままの姿を、今日まで忠実に残している。その街道の両側に茅葺き家屋の家々が建ち並ぶかつての宿場は、今でももちろん観光地として成り立っている。しかしながら、このコロナ禍の長期化で、人影はまばらでしかなかった。宿場外れの湯殿山に登って村を望観すると、その人気のない宿場は閉館中の時代村を思わせた。

ともあれ、その山裾をマラニックしながら、会津の新緑がかくも美しいのは何故かと考えた。そして、そのわけを一八六八年の戊辰戦争に見いだしたのである。会津藩は官軍にとっての最大の賊軍とされ、白虎隊の悲劇などを生みながら占領される。その占領の結果として、山という山が民家の軒先まで国有林にされたのである。それ故に明治以降の杉・檜への植林が進まず、広大な広葉樹林が残されたのである。会津の新緑は、その昔からの日本の森の緑なのであった。

下野街道の道すがら、あちこちに戊辰戦争で亡くなった人達の墓標を目にする。会津盆地に入るには、下野街道を進むしかなかったから、この街道のあちこちがその主戦場になったのである。明治維新は既に歴史の彼方だが、たかだか百五十年前のことに過ぎない。山中の古道を走ることで、私達が目にしたのは歴史の残照であった。

人と生きる空間

会津下野街道のマラニックでは、新緑が得も言われぬほど美しかった。あれからもう暫くになる。あの会津の新緑も、多分今頃はかなり色合いを濃くしているはずだ。私の住むこの田舎も、田圃の代掻きや田植えが進んでいて、刻一刻と緑一面の田園風景へと移行しつつある。まさに私達は水に恵まれた瑞穂の国に暮しているのである。

もう三年前になるが、アフリカのナビブ砂漠で過ごした七日間を思い出している。東西南北ぐるりと地平線を見渡せるその砂漠の只中に、風が造りだした砂丘が遠くまでうねって続いていた。その砂漠を吹き抜ける熱風の中を、或は月に照らされた砂漠の夜を、七日間かけて二百五十八キロ走ったのであった。

なぜそんな冒険をしたのだろうか。それはやはり、無機質な砂漠という空間がどんなものか体感しておきたかったという好奇心である。古稀の節目を迎えていたし、最後のチャンスだという強迫観念にも背中を押された。

砂漠は水も緑もないが故に完璧な空間で、そこで過ごした時間は確かに貴重なものだった。あの七日間、何が何でもその日のゴールに辿り着かなければ、命が危うかった。夢中でゴールのテントサイトを目指していた。仲間がいたにしても、自分の足だけが頼りだった。

早いもので、あれからもう三年が経過している。今、目の前の水田の広がりを眺めながら、すごい空間を漂っていたものだと改めて思う。砂漠であろうとこの田舎であろうと、人は自分の力で生きていく他ないのである。だがそれにしても、緑溢れる空間に暮らす私達は何と恵まれていることだろうか。

人生を面白く

望むらくは、面白い人生を生きたいと思う。しかし「さぁ、面白くしよう！」と力んだところで、にわかに面白くなるものでもあるまい。小説やお芝居ならともかく、現実にはコロナ禍や怪我などと、都合の悪いことや思い通りにならないことが、ゴロゴロと転がっている。それに何が面白いのかも定かではないし、本人の力量だって限られている。面白く生きるのは、容易ではないのだ。

ただ、人生を面白くするにはコツがあって、それは難題から逃げないことかも知れない。逃げずに自分の可動域を少しずつ広げて、麒麟の首のようにだんだん長くしていけば、遠くまで見渡せるようになる。つまり、自然体で自分の出来る努力をして、しかもそれを面白がってやることだ。

ＮＨＫの朝ドラの主人公、おちよやん（浪花千栄子）の人生が、あんなに苦渋に満ちたものだとは知らなかった。現実に彼女の一生は、苦労を背負ってのものだったし、「お父さんは、お人好し」で名を成したとは言え、決して幸せな人生だったとは言い難い。それでも最後には、「いろいろとあったからこそ、楽しかった。」と言ってみせている。「山谷乗り越えてきたからこそ、今がある。」、だから人生は面白いと言うのである。

さても、既に七八割方終わってしまった我が凡夫の人生は、面白いものであったのかどうか。暫し考え込んでみたが、答えは出せなかった。ただ自分なりにやるべき事はやったし、不服は言えないだろうと思った。それより、本当に面白いのは、これからではないかと思い直したのである。

孤独の美学

人に媚びることも親分になるのも、群れるのも苦手だから、私には心の内側を語り合うような友人はいない。だから、いつも孤独である。だけど、孤独だからと言って何の不都合もない。そもそも人は、一人で生まれて一人で死んでゆく運命だから、孤独などを意識するのは人格のどこかに欠落があるのだと思う。

とは言え、人間は一人では弱い。現役を引退してやることがなくなり、周りに人がいないと、急に人恋しくなる。と言うか、孤独を感じてしまうのである。そのあげくがＴＶの前の産業廃棄物（捨てるに捨てられない）化したり、濡れ落葉を演じたり、パチンコや競馬などの博打にのめり込むことになる。要するに、やることがなくなったから淋しいのである。

その点私は、幸いにして農作業やランニングなど、やることには事欠かない。その日のルーチンをこなしていれば、ことさら孤独を意識しなくて済む。しかし、「お前は、孤独か？」と問われれば、「多分、孤独かもしれない」と答えるだろう。

だって、勤めていた頃は毎日大勢の中にいて、人と関わることこそが仕事だった。それが今では、一日中黙って過ごすことだって可能だ。かつての職場の人達とはまったく疎遠になったし、同窓生とさえ滅多に会うことはない。かつての同僚と「たまには、一杯」などと思わないではないが、共通の話題を失った今、果たしてそれは続かないと思う。歳を取れば取るほどそれぞれの事情が出来るし、何しろ気難しく（遠慮のない）老人同士になっているのである。それに、遊び仲間に不自由しているわけでもないから、敢えて面倒な人付き合いをしたいと思わないのである。

人間は、元来が孤独であるべきなのだ。その孤独を楽しむのも、また人生なのだと思う。私の農園は、その孤独な男の恰好の生業の場であって、何も考えずに無心に過ごすことが出来る。ホウレンソウやブドウ達は私の思うままになるわけでもないが、少なくとも無理難題の苦情は言わない。彼らは、ありがたくしてかけがえのない私の相棒なのである。

郷土を愛して

十四年前、成り行きでこの集落（約二百戸）の自治会長を任された。当時は定年間際の超多忙な時期で、「それ（役を押しつけるの）は、無茶でしょう！」と思ったが、女房の協力で何とか務めることが出来た。やがて定年退職すると、今度は地区長（複数自治会のまとめ役）をやれということになり、続いて旧町の支部長、さらには市自治会連合会の副会長までやる羽目になった。

結局足掛け七年間ボランティアを務めたのだが、同質的な職域と違って、地域社会には実に色々な人がいる事を知った。

世の中には種々雑多な人がいる。自治会長時代には、夜になると熱心に電話してくる人がいた。『あそこに、横断歩道がないのは危険だ』と言う。早速現場を確認してみても、田舎のことでさしたる事もない所だった。ところが二カ月もした頃、今度は「俺の言ったことをやってない。」と激怒して電話があった。そのしつこさにはほとほと参った。あるいは「お前のやることには、何でも反対してやる。」と面と向かって言い放った嫉妬男もいた。その他突拍子もない男、モンスター女、我の強い老人などと、地域は驚くべきキャラにあふれていたのである。まぁ〜、君子危うきに近寄らずで、出来るものなら地域の世話人など敬遠した方が身のためだ。しかし、誰かがやらなければならないのも事実で、引き受けた以上はとそれなりに頑張ってきた。

今ではすべて引退しているが、続けていることがある。交通の激しい交差点に立って、子ども達を見守る立哨活動である。自治会長を引き受けたときからだから、もう十四年になるが、雨の日も風の日も毎朝交差点に立っている。

そうこうしていると、よほどのお人好しと思われたのだろう。今度は地域から「青パトをやってほしい」と言ってきた。そもそも地区長時代に「地域防犯ネットワーク」を立ち上げたのは私だったから、断るわけにはいかなかった。以来三年間、定期的に青色燈を回転させながら、地域内を巡回パトロールしている。犯罪や事故、不審者が地域に溢れているわけではないが、青パトが柔らかな安心に繋がれば良いと思っている。私にとっては、入れ替わり立ち替わり同乗してくれる地域の役員と、親しく四方山話が出来るのが何よりである。

生々流転

いつものように一日が過ぎ去り、自分だけがそこに留まって、その時の流れを見つめているような気がする。私の前にある日々は、まさにゆく河の流れの如く、流れ来て流れ去っていくのである。この七十有余年を思うにつけ、時にそんな感慨を抱くことがある。

鴨長明が方丈記を書いたのは五十歳過ぎだが、長明はあの流麗な文章を一晩で書いたらしい。それほど常日頃から無常観を強く抱いていたのだと言える。

ところで今日も私は、ブドウ達との格闘の一日だった。五月はブドウが最も枝を伸ばす時期で、その新枝整理に追われているのである。枝を制御して樹の力を実の充実へと振り向けさせる大切な作業だ。夢中になって作業をしていると、半日など瞬く間に通り過ぎてしまう。だから「河の流れは……」などと悠長なことを言っている暇はないのだが、ついつい歳月というものを考えてしまう。

ブドウ栽培を始めてから、もう二十年近くになる。バブルが崩壊してこの国の将来が見通せなくなった頃で、ブドウもロザリオなどからシャインマスカットへと品種だって変わった。変わらないのは私の心で、あの当時と同じ気持でブドウ達と接している。しかし、馬齢を重ねること既に七十有余年、ブドウの変遷だけでなく家族や地域、あるいは職域など時代の流転を見てきたのである。

確かにバブルが崩壊して失われた時代へ、リーマンショックがあってコロナ禍の時代へと、時事刻々と私を取り巻く環境は移り変わってきた。だが、私は今もここにいて、微動だにしていない。ひたすら時の流れを眺めているのである。

太閤秀吉の辞世「露と落ち　露と消えにし　我が身かな　浪花のことも　夢のまた夢」。誰の作かは別にして、秀吉の生涯を見事に喝破している。いわんや私の場合はただの凡人の人生である。達観すべき物語などあるわけもないが、我が生涯を眺める余裕が少しは生まれているのだと思う。

人生の果て

誰しも人生にはそれぞれの果てがあるのだろう。あの知性的な演技でまだまだ若いと思っていた、田村正和さんが七十七才で亡くなった。心不全だったというから、特別な難病を抱えていたわけでもなかった。訃報を聞いて、それでも人は死ぬのだと思った。

自分では未だ若いと思っている私も、既に七十の半ばまで来ているのである。私の果ても、いずれどこかに潜んでいるのだろう。もう三年前になるが、ナビブ砂漠二百五十キロレースに挑戦して、七日間砂漠をさまよったことがある。砂漠には「地の果て」があって、その地の果てを目指して毎日走ったのである。それは一時間進めばそれだけ地の果ては向こうに行ってしまう、どこまで行けども際限のない地の果てだった。当然行き着くことは出来ないのだが、あの地平の向こうは断崖絶壁だろうと想像するほかなかった。

正しく人が生きるとは、その断崖絶壁を目指して走ることに他ならない。私の崖も、どこかに敷設されているのだろう。ともあれ壮士の言葉に「吾が生や崖あり　しかして　知や崖なし」とある。そうでありたいと思う。否、そうでありたいと思うからこそ、ブログや小説を書いたり、あちこち未知の空間を訪ねたりしているのだ。だが呆けてしまえば、その崖すら有耶無耶になるのだから、人生は非情だ。

白楽天の詩に「古墓いずれの代の人ぞ　性と名を知らず　化して路傍の土となり　年々春草生ず」とある。「小なりといえど、吾これにあり。」その我が生きた証を、如何に残さん。「果て」を思うとき、いつもそのことを思う。

君は、楽しめているか

もはやこの歳になれば、残された人生を精一杯楽しむべきだろう。

実は、人間の価値（値打ち）について思っている。どんな人（人生）に、価値があるのかということである。望むらくは、出来る限りその価値を実感したいと思うからである。

人には、さまざまな能力がある。心の優しさや決断力、金を稼ぐ力、仕事をこなす能力、新しいものを生み出す創造力などだが、人生を楽しむ能力も重要な要素ではないかと思う。

この点私は失格で、楽しむ余裕などなかった。否、真面目一途に真剣に生きてきたと言いたいが、これは言い訳だろう。かつて「人生は、楽しむもの」などと思ってもみなかったのである。世の中には色々な人がいて、いつも笑ったり笑わせたり、あるいは困った事態に遭遇してもその困難を楽しんでしまう人すらいる。ところが小心者の私は、あまり笑うことすらしてこなかった。戦時中や戦国の世ならともかく、自分の人生なのだから少しくらいは遊び心が欲しかった。しかるに、その柔軟性は明らかに欠けていた。

それでも定年退職後は少しずつ変わり始めていて、面白いことを探すようになっている。物事に真剣に対峙するのは大切だが、そいつを楽しみながらやれるのかどうか。本当は欧米人風のユーモアが必要なのだが、私の場合はせいぜい駄洒落に留まっている。それでも「人生楽しまずして、何とする。」という気分にはなっている。

齢、既に老境に達しつつあり、遅きに失しているのかも知れない。だが、過ちは改めるに如かずである。幸いにして、山に登ったり走ったり、作物を育てたり、ブログを書いたりと人生を楽しむ術がある。老いて楽しむこと、それは生きる力に通じると思っている。

ホントの自分

嘘の自分などいるはずもないが、実際にはこれまで実に多様なというか、いろいろな自分を経験してきている。もちろん、こうしてブログに向き合っているのが、紛うことなき私だ。世の中には、ジキル氏とハイド氏ならずとも、抑鬱の激しい二重人格の人がいる。私は精神の起伏の少ない人間だと思うのだが、それでも幾つもの顔を持って生きていたと思う。

それは、内気で女々しいいじめられっ子、すぐ調子に乗る軽薄で軽い男、腕力や権力を前にすると萎縮してしまう小心者、その鬱屈を家の中に吐き出す内向性、時に偉そうに喋ったりする慢心者、地味な農作業をコツコツと続ける勤勉者だったりする。仕事に向き合っているときは真剣そのものだが、小説を書くときはそれなりの空想家だ。いやいや、私にはもっとたくさんの顔があるのだと思う。

そのすべてが私なのだが、その多様な構成要素（顔）も歳と共に変わっていく。依然としておっちょこちょいだが、少しずつその安定度は増している。多少のことには動じなくなったし、馬鹿を演じるのも少なくなった。やっと、「本来の私」に収斂しつつあるのだ。

ところで「個人」という言葉は、明治になって生まれたindividual（不可分）の翻訳である。ひとり一人の人間、それが分けることの出来ない最小単位だという訳である。確かに多くの個性の集まりで、この社会も家庭も出来ている。

ホントの自分は、色々な側面を併せ持ちながら、この時代を漂っているのだ。

六十才からの収穫

人生百年はともかく、九十才までは望むらくは矍鑠として生きたいと思っている。そしてその人生を、大雑把に三つに区分して考えている。三十才位までは、修行期というか見習いの時代だ。その後の六十才までが現役就労の時代。その後が肝心で、九十才までの三十年間は余録の時代だ。

定年延長の流れはあるにしても、それでも六十を境にして、考えることも生活の重点も一変する。私も第二の職場に勤めたものの、人生の大きな一区切りは終えたという意識は拭えなかった。特別勤勉な働き蜂だったわけでもないが、四十歳を過ぎた頃からは仕事一辺倒の仕事馬鹿は脱皮して、幾分複線的な生き方に務めてきた。だがそれでも、定年を迎えたときには、燃え尽き症候群的な感覚が深く残った。

そして今日の私は、正に余録の時代の只中にいる。細やかながらも年金を支給され、好き放題やりたい放題の毎日だと言っても過言ではない。かつては常に幾つもの課題を抱えていたのに、今では不都合があってもケセラセラと安気なものである。

三十までが自分への投資、その後の三十年が回収期で、プラマイゼロである。そして六十代からの余録は、丸々収穫（儲け）ってわけだ。ただし、問題はその収穫の中味であって、それは恋愛だとか所得などのようにわかりやすくはない。だんだん体力に限界が見えてくるし、出来ることも限られるだろう。それでもこの時期の収穫は余録だ。それは奉仕活動なのか、人との出会いなのか、はたまた未知の体験なのか。あるいは人生を味わうことかも知れない。余録の時代は、やることの決まっていた過去のどの場面よりも、その人間の力量が試されるのだ。

雨奇晴好

今年は、梅雨入りが早い。今日も雨が、音を立てて降り続いている。二階の窓から見渡す水田には、もうかなりの早苗が植わっていて、やがて訪れる初夏を思わせる。私の育てているブドウ達も、花が終わって実をつけ、その粒が日一日と膨らんで、あのブドウ棚の下の風景に近づきつつある。先日定植したニラは、この雨続きでしっかりと根付いた様子だ。梅雨が中休みに入ったら、タマネギの収穫をしよう。

雨の日も晴れの日も、何某かやることがある。それにこの時期の農園は、色彩の濃淡があって美しい。いつしか、季節の風情を味わえるようになったのだと思う。

私の人生だっていろいろと起伏があって、いつも晴れ渡っていたわけではない。恐る恐る世間に顔を出した頃の前半生、職場での戸惑いや交通事故、思わぬ転勤や孤独な毎日。強いて言うならば、雨の日の方が多かったのではないか。それでもその雨のお陰で、私は少しずつ成長できたのである。

いやいや後半生だって、傍目には順風満帆に見えたとしても、本人からすれば波瀾万丈を生きてきた。それなりのドラマの連続だったし、だからこそこの雨に趣を感じるのだと思う。それにしても歳月は非情であって、「老いてまさに　智ならんとして　しかも老これに及ぶ」（史書）である。

雨の日も風の日も、晴れの日もある人生なればこそ、雨奇晴好なりにして、粛々とそれを味わうことが肝要だろう。

変わらぬ日常

私の朝は毎日五時頃から始まって、牛乳にプロテインを溶かして飲みながら新聞を読む。一渡り新聞を読み終わると、畑に出て、この時期はキュウリやインゲン、ナスやピーマンなどを収穫する。それからハウスに入ってブドウ達を見回って、無駄な側枝を除いたり、と忙しい。

そうこうするうちに朝食になって、そそくさと朝食を済ませ、約一キロ先の子ども達を見守る交差点まで走って行く。子ども達が通過し終わると、やはり走って帰宅する。家では息子が新聞を読みながら食事し、嫁さんが弁当を作っている。妻君は、何やら資料を整えたり、ゴミを出したりと動き回っている。その何ひとつ代わり映えしないいつもの風景を確認し、私は小笠山（標高二百六十四メートルの杣道）へ走りに出掛けるのである。

約三時間半のトレランを終えて昼前に帰宅し、昼食を済ませると「おちょやん」（朝ドラ）を観る。そして午後の半日は大抵がブドウの管理作業で、この時期は花房整理や摘粒、徒長枝の除去などだ。やがて家族それぞれの一日を過ごして、夕方にはみんなこの家に帰ってくる。

そんな具合に一日が始まり、瞬く間に終わる。コロナ対策で空気清浄機を備えたり、マスクを常備したりしてはいても、日常の基本は何一つ変わっていない。その日常の中の折々に山登りやマラニックが加わって、私の日常を刺激してくれる。日々是好日、そんな毎日に何となく満足している。

やがて季節の移ろいと共に、ブドウの収穫やホウレンソウの栽培へと生活の中味は少しずつ変わっていくのだけれど、このリズムは同じだ。そんな変わらぬ平凡な日常が、愛おしく感じられる今日この頃である。

読書と趣味

この期に及んで今更という気がしないでもないが、今日開催された「人生を学ぶ勉強会」のテーマである。活字（本）離れが時の流れで、電車に乗っても本を読む人の姿を滅多に見かけなくなった。スマートフォンなどの映像やゲームに移行しているのが現実だろう。学校ですら、図書室の利用はかなり少なくなっているらしい。

私が子どもの頃は、武勇伝や冒険小説、それに偉人の伝記等に夢中になっていた。少し長じては、アンドレ・ジイドやロシア文学を読みあさったこともあった。しかし、私の本格的読書は中年になってからだ。

司馬遼太郎の奥深さを知って、彼の世界にのめり込んでいった。当時は電車通勤だったから、往復二時間の読書時間があった。毎日司馬文学に没入し、時には電車を乗り過ごすこともあった。結局司馬さんの著作は紀行文や随筆などを含めほとんど読了し、司馬史観に共鳴しただけでなく、私の書く文章もいつしか司馬さんの書きっぷりに幾分似るようになった。ともあれ、本との出合いは私が今日に到る大きな要素だったと思う。

森信三先生は、「読書こそ心の食物（栄養）」だとし、自分を育むような読書を推奨している。とかくファンタジーに傾きがちな読書だが、出来れば読んで考える教養の書を選ぶべきだろう。その点司馬さんの著作は、娯楽性もあったが歴史と人間の生きざまを眼前に浮かび上がらせてくれた。司馬文学を読んで良かったと心底思っている。

さて後半のテーマの「趣味」だが、齢既に七十代の半ばにして毎日が趣味三昧である。余録の時代（六十から九十歳）の佳境にあると言っても良いが、今さらながらいろいろと趣味をもっていて良かったと思う。趣味とは無縁の生活の果てに老境を迎える人も多い中で、趣味の意味を改めて考えていた。趣味は、その人の生きる形なのである。

ところで、この月一回の勉強会はもう五年も続いていて、その勉強の中味もさることながら、テーマに沿ってお互いに真面目に語り合うのが気に入っている。今回も卑近なテーマながら、改めて「そうだったなぁ」と来し方を振り返ることができたのである。

時の充実

小雨の中、街頭に立って子ども達を見送り、そのまま小笠山に出向いて半ば霧に包まれた山中をたった一人走った。若葉が雨に濡れてテラテラと光り、緑の杣道が幻想の世界のように思われた。

山から帰った午後はいつものように農作業で、このところ毎日ブドウの花房整理に取り組んでいる。一枝に一花房とし、尚かつ花房の少し（三センチ前後）だけを残して他の蕾はすべて切り取る。このほんの少し残した花を大切に大きく育てるのが、ブドウ栽培の極意なのである。一房ごとに丁寧に鋏を入れていくわけだが、この作業を花の咲く前に済ませないと、まともなブドウにはならない。だからいかに大変でも、この作業を根気強く進めるのである。

ピオーネの花房を整理しながら、もう十数年前に亡くなった親父のことを思い出していた。父は中国中部を転戦、死にそうになりながらも帰還し、農業（施設園芸）で一家の暮らしを支えて生きた。子ども達が成人した頃、町議会の議員になって二期務め、その二期目には議長を務めた。そして三期目を前にして、意欲的な父を押し止めたのは選挙に辟易していた私だった。親父はやむなく出馬を断念し、その後政党支部の会長や町の老人会長を引き受けたりしたが、目に見えて張りをなくしてしまっていた。

暇を持て余している親父に、このブドウの花房整理を頼んだのはその頃だった。父は快く引き受けてくれたのだが、その作業ぶりをみて些か驚いてしまった。几帳面な親父の仕事にしては、それがかなり雑な出来だったからだ。親父が入退院を繰り返すようになったのは、それから間もなくで、やがてそれから一年余りで死んでしまった。

思えば、母親に早く死なれた父は、若い頃からの苦労人だった。母親代わりの炊事洗濯をこなし、戦後は妻と共に重労働の農業に耐えてきた。それがやっと余裕が出来ての議会での新しい世界、それは親父の人生にとってまさに充実の時だったに違いない。その親父の時に竿を差したのが私ということになるが、男は甲斐をなくすと瞬く間に方向感覚をなくしてしまうものらしい。

言うまでもなく私達の日常生活の基本は、同じ事の繰り返しだ。その繰り返しのどこに充実の時を見い出し得るのかどうか。やがてブドウの花が咲き、房が大きくなって色付いてくる。毎年の事ながら、それは私の輝きの時なのかも知れない。

歳を取る意味

年々歳々、人は歳を取る。確かに馬齢を重ねているには違いないが、しかし現実には私自身歳を取っているという実感がない。七十も過ぎたらスルスルッと老いても良さそうだが、一向にその兆しがないのである。どうやら近頃では、思うようには歳を取れないものらしい。

かつて、六十歳にはそれなりの風采があった。七十にでもなれば、やはりそれなりの風貌が加わり、それが八十になれば風格とでも言えるものがちゃんと備わった。しかるに今日、総じて高齢化しているからなのかどうか、どうやら年齢の輪郭がはっきりとしなくなっているようだ。それだけ元気な高齢者が増えているわけで、この私も未だに青臭く、およそ老熟などと言う心境にはなれないと思う。

それは核家族化し、年金もあって自立していることが大きい。もちろん医療や健康管理の高度化もあるが、さまざまなレジャーや娯楽にも支えられているのだろう。この私も経済的にも精神的にも自立しているからこそ、それなりの体力を維持できているのだと思う。

とは言え、内面の若さとは裏腹に、鏡に映る我が姿は皺張って、頭髪も薄くなって、やはりそれなりの年齢に見えなくもない。だが、人が生きると言うことに関しては、その経験の積み重ね具合の差こそあれ、幾つになったって同じなのではないか。

殊更尊大になることもないし、悪戯に卑下することもない。黙々と、胸を張って生きれば良いのだと思う。ただし、その歳月には自分なりに納得できるものが欲しいと考えている。

真面目なＡＩ

ＡＩが知られるようになったのはほんの数年前だが、今や巨大な存在になりつつある。ＡＩには無理だとされていた囲碁や将棋ですら、今ではトップ棋士ですら敵わなくなった。毎週日曜日に、ＮＨＫの囲碁講座を観ている。その画面には、対極の初手からＡＩの勝敗予想が％で表示される。その予想が、かなりの確率で的中するのだから、確かにＡＩの実力を思い知らされるのである。

さて問題はこれから先のＡＩの行く末で、車の自動運転はもちろん、一般的な事務処理や秘書業務、小売り販売や飲食接待業など、あらゆる場面に関わっていくのだろう。教育の分野ですらＡＩに置き換わるのは早いのではないか。ＡＩが教授となって、教師はそのサポートにまわるのである。

ところで今のところ、ＡＩは実に真面目な機械である。悪ふざけや感情をあらわにするＡＩは、とりあえず今のところ登場していない。これが始まるとその信頼性は元より、人間と区別がつかなくなってくる。つまり人間の人間たる所以は情緒や感性ってことで、幸せ感や歓び、怒りや悲しみといった感覚だろう。

比較的感情の起伏が少ない私は性能の悪いＡＩに近いが、さらに小心な慎重居士だからＡＩの冷静沈着に敵うはずもない。それはともかく、人間にＡＩに勝る力があるとすれば、それはネアカ力ではないか。楽天的に生きる力と言い換えてもいいだろう。

人間には、幸せを創り出すホルモンがある。それが自己肯定感を高めてくれるセロトニンだ。毎日をネアカに楽しく生きるには、やはりキチッと体を動かして、このセロトニンの分泌を増やすことだ。元来ネクラな私が今日あるのは、毎日のランニングや農作業で体を存分に使っているからだと思う。

老年期の間合い

若い頃はがむしゃらで、間合いなんて意識することもなく、ひたすら進むだけのやせ武者だった。もちろん、その他に道はなかったのだけれど、先が見えていなかったからこそ頑張れたのだろう。

ゲーテの言葉に「青春の愚かさを、老年期に持ち込んではいけない。」とある。いつまでも分別のない餓鬼の様では、年寄りはやっていられないって意味だ。その老いを何となく意識するようになると、アクセクしても同じ事、あるいは一人くよくよしても仕方ないって気持ちになる。すると自ずと物事に対する間合いが取れて、かなり錆びたはずの刀も不思議と切れ味が良くなるようだ。

その間合いは、日常の何とない瞬間に現れる。それは家族の団らんだったり、購買行動や日々の農作業などの場面だ。これが年の功だと感じられる瞬間だが、私にも時々そんなシーンが訪れるようになっている。

元来チャンスなどというものは、ガツガツしていれば逃げていくものだ。それが損得すらも希薄になると、人と人との間合いが見えるのだから、歳を重ねるのも捨てたものではない。お陰で近年では落ち込むことが減って、随分と楽に生きられるようになっている。

それは妻君や子ども達との関係でも同じで、「もう既に、俺の手の内にはない。」と思うようになっている。人間はそれぞれ自立して、自分の力で生きるべきだと思うからだ。知人・友人とも、自ずと深入りはしなくなった。それぞれがわがままになっているし、この期に及んでは変わりようがないのである。ともあれ歳を重ねれば重ねるほど、自立が大切になる。歳を取れば、人は孤独になるべきなのだと思う。

命なりけり

もうじき、七十四歳になろうとしている。それでも自分では「まだまだ、若い」と思っていて、人生を達観するにはほど遠い心境にある。掛川市の東外れの小夜の中山に、鎌倉時代の歌人西行の句碑が建っている。そこには「年長けて　また越ゆべしと　思いきや命なりけり　小夜の中山」とある。かつて通ったことのあるこの峠に、歳を取って再び差し掛かり、「再びこの景色を観ることが出来るとは、長生きするものだなぁ」と感激しているのである。

西行と同様に、この歳になってようやくと言うべきか、時たま「命なりけり」と感じることがある。私が生まれたのは、この国が喰うや喰わずのどん底にあった、終戦直後の昭和二十二年だ。衣食に事欠く貧しさの中で、みんな懸命に生きていた。不満も言わずひたすら働いて、戦後復興へと邁進するのである。それが朝鮮戦争を経て、高度経済成長へと思わぬ発展を遂げる。そしていつしかジャパン・アズ・ナンバーワンと言われ、世界第二位の経済大国、科学技術立国になった……はずであった。

しかしそれは束の間、あれから僅か二十年余りなのに、この国は世界の後進国に成り下がっていたのである。この間に、後進国の極みだった中国は米国と経済覇権を争う大国になった。韓国ですら、家電や通信機器などで世界の市場を席巻した。昨今のコロナワクチンもしかり、米英・中ロ印が独占的生産拠点ではないか。しかして、ワクチン接種でも世界の趨勢より数カ月も後れを取ってしまった。５Ｇもしかり、中国・米国の後を追うことも出来ていないし、半導体生産でも米国・韓国・台湾に大きく水をあけられている。ＩＴ化もしかりだ。

加えて、女性の社会的地位は世界の百二十番目とされるし、おまけにこの国の公的債務はＧＤＰの二・七倍と世界最悪の水準にある。ともあれ、戦後のどん底から世界をリードするほどの高揚感も味わい、その後の衰微をも見てきたのである。まさに邯鄲（かんたん）の夢とも言えるのだが、目が覚めてみれば「命なかりせば　凋落（ちょうらく）のこの国の姿　見ずに済んだものかも」と思うのは私だけだろうか。

自分を褒めてやろう

「お前は、駄目だなぁ〜」子どもの頃は、そう言われて育った。草野球ではボールよりもバットを遠くに飛ばしたし、運動音痴のみならず、勉強もおよそ不得手だった。その学習成績の重苦しさが解消されたのは中学に入ってからだった。学習習慣すらなくて何の努力もしなかったから不得手だったわけで、何かの拍子に「なんだ、やれば出来るじゃん。」と思わぬ自己発見をしたのである。

今の教育では、自己肯定感を育てることが目標の一つになっているが、自分で自分を評価するのはなかなか難しい。この私も、ずっと「自分はダメだ」と思い続けていた。その一方で「みんなは、凄いなぁ」と思い込んでいた。それがいつしか「なあ〜んだ、みんな同じでたいしたことないじゃん」と思えるようになった。友のかつての凄さが幾分色あせて、自分の今が見えるようになったのである。

人生は、過ぎてみなければわからない。過ぎてみて、少しは自分を評価できるようになる。今現在、自分のやりたいことをやって、自分の足で人並みにしっかりと歩いている。

何も自慢するほどのことでもないが、そんな些細なことを自分で褒めてやりたいと思う。先日、マラニックの途中でS女子が「惚れ惚れするほど、若い足だね。」と言う。もちろん私の足のことだが、その足だって一朝にして出来上がるはずもなく、かれこれ三万里走ったからこそ出来た足なのだ。足の形はともかく、自分を等身大に評価できるまでに七十年を要したわけで、とにかく遠慮がちに生きてきたのである。しかし今、その地味に生きてきた自分を褒めてやるべきだと思う。

緑あふれる山の中を木漏れ日と戯れるように走る自分は、何と生気に満ちていることか。ひと回り若い人達と一緒に山に登っても、何ら引けを取ることがない。いやそれよりも、日々を前向きに生きられる自分を褒めてやるべきだろう。波瀾万丈いろいろとありはしたが、「良くやってきた。」と自分を称揚してやろうと思うのだ。

老年のモチベーション

若かった現役の頃には、生きるモチベーションなど幾らでもあった。人より少しでも早く出世したい。金が欲しい。人並みに異性に関心を持たれたい。それに何より、「彼奴は、出来るぞ。」って誰からも認められたかった。やがて結婚して子どもが出来ると、やはり子どもの日々の成長が何よりの頑張りのモチベーションになった。

しかしながら七十を過ぎた今日、それらの要素はことごとく失われ、細やかな肩書すらとも無縁になった。つまりかつてのアイデンティティが無いままに、長ぁ〜い老後が続くのである。子ども達は自分のことで精一杯だし、妻君にすら相手にされなくなった今日、男はいかに生きるべきなのか。最後の望みは孫達だが、それだって金の切れ目が縁の切れ目かもしれない。しかして年金を頼りに細々と財テクに励むのだが、それだってままなるものではない。

処方箋、それは人それぞれだろう。だが、何らかの目標を見つけて動き回らないことには何も始まらない。人から何と言われようと、今さら気にすることなどない。自分のやりたいことをやるに如かず、だ。それにそれが出来たら、その度自分で自分を褒めてやることだ。少しばかり馬齢が重なったとはいえ、基本的にその気になれば何でも出来るのである。だから出来ることを探して、そいつを一つずつ完遂することだ。

「お前は、何をしているのか?.」って! 今日も山の中の杣道を二十キロ近く走り、午後の農作業が毎日の日課だ。走って体を動かすことで元気を充填し、農場からは四季折々ブドウやさまざまな野菜の収穫がある。老年期のモチベーションは、「有形無形の自分の作品」を生み出すことだと思っている。

農の奥行き

この初夏の頃は、私にとって最も楽しく充実した時期である。何が充実したのかというと、キュウリやナス、トマトやインゲンなどの夏野菜が収穫期を迎えるのもさることながら、ブドウ達が勢揃いするからである。

四季折々さまざまな作物を育てているのだが、この時期は収穫を前にしたブドウ達が隊列を揃えて一斉にひかえている。デラウエア、サマーブラック、スイホウ、シャインマスカット、安芸クイーン、ビオーネが、その頬を赤く染めて収穫を待っているのだ。幾らたわわに実ったブドウでも、収穫すると次第に減って寂しさが増すのだが、収穫前のこの時期にはそれがない。しかして、色づき始めたぶどう園の景色は、今が最高という次第である。

ところで、農業は割に合わない（労働の割に収入が少ない）イメージがあったが、この十数年で様変わりしている。担い手問題など課題はあるにしても、農業をシステム化した企業が続々と登場しているし、農業の形態そのものが新たな産業に生まれ変わりつつある。その分初期投資が多くなって、簡単には参入できなくなったのだが、農業のこれからには夢が持てる。

一方、産業としての農業とは別に、趣味の農業は実に面白くてやりがいのある分野だ。農作業そのものがリフレッシュになるし、一日を充実したものにしてくれる。農作物は日々成長し、それ自体が私達の糧になる。

私は秋から春にかけてホウレンソウを、初夏から盛夏にはブドウを出荷している。それは実に細やかなものだが、それでも晩飯の惣菜代くらいにはなる。それに自分の存在価値というか、自分の汗が収穫物として手に取れるのが何よりだ。産業としての農業の未来は言うに及ばず、いきがい産業としてもっともっと大きな可能性を秘めている。たかが農業、などと思うことなかれ、である。

老いの実装

毎朝、朝食を済ませると身支度を調えて、子ども達を見守る立哨の交差点に立つ。信号機のない通勤時間帯のこの交差点は、かなり混雑するのである。それでも「おはようございます。」「今、何時何分?」「行ってきます。」と元気な決まり文句が飛び交う。この立哨を始めたのは六十才の時で、自治会長を務めたのが契機だった。

以来、十四年間がまさにアッと言う間に過ぎ去った。それは生まれたばかりの赤ちゃんが、成長して中学校を卒業しようかという大変な月日である。しかるにこの間の私の歳月は、至極あっさりと過ぎ去ってしまった。年相応に老いていくのは、時間が刻む歳月の結果だから、生き物の自然な姿ではある。確かに老眼も進んだだろうし、物忘れだって多くなっているかも知れない。そんな老いの自覚も、いつしか我が身に馴染むようになっている。

しかるに我が精神は若々しく高揚していて、この十四年間などなかったかのようにも思える。もちろんこの間も砂時計の砂は休むことなく流れ続け、残りの砂はいよいよ少なくなっているのに違いない。ともあれ、定年退職後の幾つかの勤めを全て終え、今ここに辿り着いている。

振り返れば喜びも悲しみも、歓喜や落胆もあったはずだが、過去を忍ぶのは私の趣味ではない。それに、老年期は衰退期だと決まっているわけでもない。いやいや、まだこれからだという気持すら強い。而して残された時間を、端然と胸を張って歩めば良いのである。時の流れは万人共通だが、私は自分の時間を生きるのである。

人生に定年なし

六十歳の定年退職は、確かに人生の大きな区切りだった。覚悟していたとは言え、寂寥感だけではなく、執着と諦めの入り交じったような不思議な感覚が残った。単に年齢が六十に達したからというだけの理由で、退職させられるのは理不尽ではないかとさえ思った。

いかににせん、六十歳は隠居するには若すぎる。働かなければならないが、「何とかなるさ」という開き直りと幾ばくかの自信があった。その後、実際に第二の職場が決まって安心したのだが、それまでの間は毎日山の中を走って過ごした。

この数カ月間が、私の人生の新たな出発点だった。それはまさに最終ラウンドかも知れないし、残された自分の未来に夕日の輝きを見いだそうとすら思った。しかし、第二の職場での仕事は、消化試合のようでおもしろくはなかったが、気持の上では自由度が大きく広がっていた。

実は、いつか来る定年に備えて、随分前から幾つかの準備をしていた。その一つが作物を育てることで、ブドウやホウレンソウの栽培が本格化し、気持の上で随分と充実を感じられるようになっていた。作物を育てることに、定年はない。そもそも、命を育むのだから飽きることもない。年々歳々様々な作物が育ち、その面白さのかなりの部分が、自分が働いているという実感だ。なおかつ、その成果も伴っている。

人間は、仕事がなくなって働かなくなると、無気力になる。濡れ落葉もさることながら、それが習慣化すると何をするにも億劫になる。つまり、仕事は生甲斐であって、この園芸への取り組みが私に元気をもたらすのである。新たな作物への挑戦や工夫・改良など、私にとってこの分野はまだ始まったばかりだ。定年など、遙か彼方の向こうにある。

砂漠のファンタシア

私が出版を予定している、小説のタイトルである。老年期に入って、多分に過ぎゆく時間を意識するようになった。

自分の年齢への自覚なのかどうか、その時間に何らかの輝きが欲しいと強く思い始めるのだが、日常は流れ易いものであって、ドンドン過ぎ去ってしまう。そして時の流れを止めるには、異空間が必要だと気付くのである。やがて主人公（勝也）は、砂漠のグレートレースに挑戦し、現実と空想の入り交じった世界を漂うことになっていく。

砂漠に流れる時間は、砂時計ならぬ砂が作り出す時間だ。朝日が昇るとすぐに強い風が吹き始め、砂がサラサラと流れて山が少しずつ動いていく。その砂の世界に身を置き、重いリュックを背負ってひたすら走るのは、それはまさに時の旅人だと言えるのではないか。

私達の時間は、いつの間にか自分の中に積もっていくものだが、砂の時間は砂粒が流れて積もる。小さな波形が延々と続く大地だったり、山のような砂丘だったり、それが砂時計の醸し出す時間なのだ。砂時計の上半分では未来が消えていき、下半分に過去が積み重なっていく。

人はそれなりに歳を取れば、バラ色の未来を夢見る事が自ずと難しくなる。ましてそれが男女関係ならばなおさらで、結果として愛は砂漠の奥深くに消えていくのである。

この小説を書き始めてから、既に三年が過ぎ去っている。その私の処女作は、行きつ戻りつ幾多の関門を乗り越えて、ようやく日の目を見ようとしている。中学生の頃、小説家になりたいと思ったことがある。何を表現したかったのか記憶にないが、とにかく大学ノートに書き始めた。しかし数日経って読み返してみると、それは支離滅裂で小説など自分には無理だと思った。あれから半世紀余り、ようやくにして私の野望が叶うのである。もとより人の一生は、一編の小説にも擬せられる。それも、人生二度なし。砂時計のように、ひっくり返してやり直しは出来ないのである。

かれこれ三万里

走り続けて三万里

目次

第一節　黎明の時……230
第二節　無我夢中……236
第三節　転換の時……238
走ること……241
書くこと……242
人と出会うこと……244
育てること……246
ぶどう棚の下で……246

第四節　さらば仕事人間……251
走ることが変えたもの……252
一〇〇キロ・ウルトラマラソンへの道……254
第五節　小笠山……259
第六節　三万里と人生……261

第一節　黎明の時

市井の平凡な男が、自分の人生の軌跡とでも言える自伝を書こうと思った。しかしながら、耳目を集めるような波瀾万丈な人生でもなく、特別な成功を収めたわけでもない男のことである。果たして自伝など書けるだろうかと逡巡していた。だがどんな人生であっても、それは十分に一つの物語であり、読み手のなにがしかのために書き残すに如かずと思い直したのである。

私は、彦蔵―貞治郎―雅雄と江戸時代から代々続くその百姓家の長男として生まれた。時は終戦直後、父の雅雄が戦地から復員してきて、母みつ江が授かった最初の子供だ。

私の父、雅雄は苦労人であった。兄弟は六人だったが、長男の一雄は既に戦死していて、姉二人（清子と節子）は嫁いでいた。母親（ふじ）とは十六才で死別し、やむなく農蚕学校を中退して炊事洗濯など一家の主婦代わりとなって働いていた。そこに召集令状が舞い込んだのである。自分が戦地へ赴いたらこの家が立ち行かなくなる。空襲が始まっていた昭和十九年、その男世帯に若干十八歳で嫁に来たのがみつ江だった。結婚式を挙げ、雅雄はすぐに出征したのだが、その秋「東南海地震」がこの地を襲った。茅葺きの家は倒壊こそ免れたが大きく傾き、うら若いみつ江は、つっかえ棒に支えられた家で雅雄の帰還を待ったのである。

太平洋戦争では三百万人もの日本人が死んだ。だが、それでもなお六百万人余の人達が戦地にいて、終戦と共にその人達が一斉に復員して来た。その大半が悲惨な戦争を生き延びた若い男達だった。彼らは妻の元に返り、或いは未婚者は次々と結婚し、生き残った歓びをそのままに、せっせと子作りに励んだのは言うまでもない。

雅雄も昭和二十一年八月の終戦から程なく、戦地で黄疸にかかって死に損なったが、何とか復員した。とはいえ、衣食すら満足でなかった戦後の混乱は、この田舎でも色濃かった。着る物にも履くものにも事欠き、ご飯には麦が半分入っていた。私はまさにそんな戦後の混乱期に、八百万人もの団塊の世代の一人として生まれた。私が生まれて程なく、孫の誕生を見届けるかのように祖父の貞治郎が他界し、雅雄の二人の弟（良夫と康夫）も婿に行った。残されたのはまだ若い雅雄夫婦と、幼い三人兄弟（私と二人の妹）だけになっていた。

当時の水田農業は肉体労働そのものといってよく、働き手が二人だけでは大変な重労働だった。雅雄とみつ江は生計のために、身を粉にして一町二反の田を耕した。米作りには一家の生活のすべてがかかっていたから、雅雄夫婦は朝早くから暗くなるまで働き続けるしかなかった。従って長男の私には、自ずと二人の妹の面倒を見ながら家事が任されるようになっていた。学校から帰ると一番下の妹を背負い、裏の掘り抜き井戸からバケツで水を汲んで五右衛門風呂を沸かし、かまどで藁を燃やしてご飯を炊くのである。ある時、何を慌てていたのか、水を入れずにご飯を炊いてしまった。暗くなって両親が帰ってきて、お釜の蓋を開けるやいなや、焦げ臭い匂いが漂っていた。母親は小学三年の私の頬を思い切り平手打ちした。辺り一面に、焦げ臭い匂いが漂っていた。若い両親はこの家を守るために必死だった。まるで「おしん」のようだと思うかも知れないが、終戦直後の農村ではそんな情景は決して珍しくはなかったのである。

そんな頃のことである。小学校の担任だった昌治という教師が教室で、「はい、昨日したことを発表してください。」と問うた。私は手を上げて「僕は、お風呂を沸かして、ご飯を炊きました。」と答えたのである。その途端、教師はやおら「いい加減な嘘を言うな！」と言い放った。当時のこの田舎街には織布業が勃興し「ガチャマン（ガチャンと音がすると万札が入る)」と言われるほど、戦後復興の先端を走っていた。日本各地から女工が集まってきていて、そんな景気がいい街の小学校だったから、教師は農家の厳しい生活など想像も出来なかったのだろう。私の生まれた南御厨村が、景気がいい福田町と昭和二十七年に分村合併して間もない頃のことである。

やがて国の政策で農耕用の牛の導入が奨励され、私は牛の餌係になった。稲わらを刻んで米ぬかと混ぜ、餌桶に入れて喰わせるのである。当時の記憶は、ウサギを飼ったり山羊の世話をしたりと、両親を助けようと働いていたことだ。その後テーラー(耕運機)や田植機が導入され、併せて戦後の経済復興や農耕地整理などによって農村の風景も急速に変わっていった。特に農耕地整備では田圃が整形され道が出来て、一気に今日の景色が生まれた。

いやそれよりも、都市部の消費生活はもっと急速に変わりつつあった。日に日に多様(豊か)な食材が求められるようになって、米生産に偏重した農業には自ずと限界が見え始めていた。そこで雅雄は、農業近代化資金(年利七パーセント)を借りて温室(ガラスハウス)を建て、トマトやキュウリなどの時季外れの野菜生産を始めた。夏の野菜が冬に食べられるとあって、大都市に出荷するとかなりの高値で売れたのである。この温室栽培は徐々に規模を拡大したのだが、やがて野菜園芸も西南（九州）暖地の勃興に押されて立ち行かなくなった。そこで遠州地域ではマスクメロン栽培へと次第に移行し、やがて静岡の温室メロンは果物の王様として一世を風靡することになるのである。

メロン栽培は中学生になった私の生活にも大きく影響を与えていた。学校から帰ると先ず暖房用のボイラーから石炭ガラを掻き出し、貯炭場の石炭を笊でボイラー室まで運ぶのである。冬の日暮れには温室全体を藁で編んだコモで覆う仕事があるし、夜になって雨が降れば、夜中でも起き出してそれを外さねばならなかった。当時は一作毎に栽培土を入れ替えていたから、田圃から重い土を運び、ハウスに出し入れするのが大変な重労働だった。重労働はさることながら、メロン栽培が一家に細やかな恩恵をもたらし、家計にもようやく余裕が生まれていた。

ところで、団塊の世代のありさまは異常だった。学校の教室には五十人以上が詰め込まれ、私が通った中学校には一学年が八クラスもあった。子どもの数が急に数倍にもなったのだから、高校も大学も増設が追いつかず、進学は常に受験戦争と言われた。高度経済成長が始まっていたとはいえ、就職はもとより職場での昇進競争も熾烈だった。団塊の世代は、まさに競走の世代だったと言える。

当時の農家の子弟は、農業高校に入るのが普通だった。「井の中の蛙　大海を知らず」の言葉どおり、私はそれまで親父の背中と百姓仕事だけを見て育った。だから当然自分も農業高校を出て農業をやる運命にあると思い込んでいた。しかし、教師に強く奨められて進学校（磐田南高校）に入学することになるのである。皇太子成婚を機に農村にもＴＶが入り、原動機付き自転車や冷蔵庫、洗濯機（三種の神器）が持ち込まれる時代だった。

やがて新幹線や東名高速道路が開通し、東京オリンピックが開催される。そんな頃に私は大学に進学したのだった。大学は経済的理由から選択の余地もなく、自宅から通学可能な地元の大学であった。それでも入学すると一気に開放された気分になって、さして勉強をしないまま四年生を迎えていた。時代の変わりめに起こる現象なのか、この頃の大学では学園紛争が激しく燃え上がるように起こっていた。革マルとか中核・民青・ノンポリなどと幾つものセクトが生まれてせめぎ合う異常事態にもなっていたが、田舎の大学はさすがに平穏だった。大学時代に学んだものは、決して勉学ではなく自由な人付き合いというか、社会に出る前の一時の自由を謳歌したのだと思う。

大学を卒業したら親父の後を継ぐはずだった。だが父親の雅雄がまだ五十才前だったから、世間を知ることが肝心と、暫く勤めに出ることになった。そこで静岡県職員に応募すると、かなり高い競争倍率の試験に合格してしまったのである。時は大阪万博が開催された昭和十五年で、この国の高度経済成長がいよいよ本格化しようとしていた。その一方、多くの食料が輸入されるようになって、米が供給過剰になり生産調整（休耕政策）が始まっていた。農業の将来に暗雲が漂い始めていたのである。

サラリーマン生活は、この国の経済成長の追い風を受けて、言うならば順風だった。初任給は三万三千百五十円だったが、数年を待たずして十万円を超えた。出先機関での何カ所かの勤務を経て、やがて本庁での勤務が続くようになった。転勤の度に学ぶべき先輩に恵まれ、そして仕事からは次々と新たな世界が見えてきた。まさに仕事に育てられることになったのである。

第二節　無我夢中

とはいえ、職場での毎日は無我夢中だった。最初の勤務地は浜松市にある出先機関で、仕事や組織の基礎を学ぶことになった。そこで常に心がけたことがある。それは前年（前人）踏襲（猿真似）をけっしてしないということだ。前例に学ぶことはあっても必ずそこに自分なりの工夫を加えていた。

休日のある日、職場の若い同僚達と共に岐阜県の岩村城を訪れた。女城主で知られる古城だが、その徳川時代の岩村藩からは儒学者佐藤一斎が生まれている。城址の記念館で、一斎の著書「言志四録」をたまたま手にした。現代語翻訳版だったが、生きる極意のようなことが端的に書かれていた。その時偶然に開いたページに、「少年の時は当に老成の工夫を著わすべし、老成の時は当に少年の志気を存すべし。」と記されていた。若い時は、経験を積んだ人のように十分工夫しろ、年取ったら逆に若者の意気と気力を取り入れろと諭している。私はこの言葉が気に入って、いつしか座右の銘にするようになった。当時はただの技師に過ぎなかったが、自分が係長なら、或は課長ならどうするか、常に考えることにしたのである。これは後々の習性となって、結果として職場での評価を上げることになったと思う。

その頃浜松市では、テクノポリス計画が進行し始めていた。そのテクノポリスの向こうを張って、生意気にも職場の若手を集めて「アグリポリス研究会」を立ち上げた。工業都市化の進む浜松地域にあって、園芸都市をこそ育てようという研究会だ。浜松の地域は今も、セロリや多様なハーブ類、青梗菜や小松菜、エシャレットなど有数の野菜生産地だ。当時も意欲に満ちた園芸家達が数多かった。やがて研究会の活動はあちこちに知られるようになって、成果発表に呼び出されたりした。女房になる女性と知り合ったのも、そんな頃だった。時は池田勇人首相の所得倍増計画が打ち出され、戦後復興から高度経済成長へ、日本の世紀が始まろうとしていた頃だ。

ともあれ当時は遮二無二走り続けていた。出先機関を三カ所経験し、七年目にして本庁勤務となった。そこでは人にも仕事にも恵まれて、毎日の仕事も充実していた。仕事が人を育てると言われるが、私はこの時代に鍛えられたことで、人並みの成長が出来たのだと思っている。

第三節　転換の時

いつしか中堅の行政マンになっていた。企画部門の主査として、新規事業の創設などの仕事に没頭する日々だった。自分が企画・立案したことが、次々と予算を伴って実現していくのだから、仕事がおもしろくて仕方ないと言っても過言ではなかった。統計処理なども幅広く扱っていたから、関連業界から講演を依頼されることもしばしばだった。そこでは未来の予測もさることながら、過去の経緯をもとに業界のありさまを熱く語ることが常だった。

そんな頃に訪れた人生の転機が、あの平成二年（一九九〇）八月のバブル崩壊だった。今日よりも明日へと右肩上がりだった世の中が、一転して右肩下がりの内向き（デフレ）の時代に変わったのである。そのバブル（泡）崩壊は、音もなくやってきた。株や不動産が突然暴落し、やがて住専各社の倒産が始まった。高度経済成長を続けてきたこの国の挫折であった。やがて価格破壊という言葉が流行語になり、就職氷河期を迎える。いわゆるこの国の失われた十年（二十年）が始まった年である。

バブルの崩壊は、当然ながら仕事にも大きな影響があった。予算規模が大きくカットされたし、新たな企画に予算が付くことは希になった。何より崩壊したバブルの実態が把握できていなかった。昭和四十年頃から二十五年以上に渡って右肩上がりの時代が続いていたのだから、右肩下がりの時代がどのようなものか、誰も想像できなかったのである。

人は、その時代の空気に流されていくものだ。私も時代の波に流されながら、この際自分のこれまでの生きざまを変えたいと考えた。とはいえ、日々の暮らしは惰性であって、変えようとしても容易に変えられるものではない。

「はて、具体的にどうやったら、自分の生きざまが変えられるだろうか。」

この頃の毎日は、朝六時過ぎに家を出て電車に乗る。車中の一時間余はひたすら本を読んでいた。八時前に職場に入って、掃除やら仕事の段取りを済ませる頃、スタッフが出勤してくる。勤務時間はあっという間に過ぎた。帰宅するのは午後九時過ぎで、一人で晩飯を食べ、眠り薬代わりにブランデーをあおってベッドに潜り込む。そんな生活の繰り返しだった。

人は、とかく惰性と習慣で生きている。その日常を変えるには、具体的に行動を変えなければならない。そして行動を変えるには、新たな挑戦が必要だと思った。そこで取り組んだのが、「体を動かす」「頭を使う」「作物を育てる」「職場外に接点を持つ」の四つのことだった。

最初に取り組んだのが、最も苦手だったはずの体を動かすこと事だった。

走ること

体を動かすことは、子どもの頃から大の苦手だった。草野球はおろかテニスのボールすら空振りするありさまで、まさに運動音痴である。ゴルフに手を染めてみたものの、練習するだけ無駄で上手くなるはずもなかった。そこで始めたのが、昼休みに駿府公園の内堀をジョギングすることだった。一周が千七百メートル、これを三周することにした。昼飯の時間がなくなるほどだったが、大雨の日を除いて毎日続けた。シャワーを浴びて午後の仕事を始めると、これが思いがけず頭も体もリフレッシュして、仕事の能率も上がった。昼ランが日課になった。とはいえ人間などというものは、総じて飽き性なものである。一つの事をコツコツと続けるなど、簡単なようで容易ではない。実は私も何度かの挫折があって、それでも続いたのは私の体が外の空気を求めていたのかも知れない。ランニングが習慣になっていた。

戦後復興は物の豊かさを求めることから始まったが、バブル崩壊を機に「物の豊かさよりも、心の豊かさ」が標榜されるようになっていた。市民マラソンがブームになったのも、その心の豊かさと無縁ではなかっただろう。「ハーフマラソンを走ってみないか。」と公園を走る仲間から誘われたのはそんな時だった。そして初めて参加したのが駿府マラソンだった。何事も初体験はことのほか緊張するものだが、初めてのマラソン大会で大勢のランナーの中に立つと、やはり胸がドキドキして緊張感に包まれる。走り出しても足が地に着かない感覚で、勢いのまま十数キロを走っていた。しかしその勢いはそこまでだった。海岸近くの折り返し点辺りから、経験したことのないような足の痛みに、歩くことすら困難になった。それでも足を引きずりながら歩き続け、何とか制限時間ギリギリでゴールしたのだった。それがマラソン初体験だった。その苦いはずの体験が、次の大会への弾みになった。今度こそはと、焼津マラソンや森町マラソンなど、さらにはフルマラソンへと次々に挑戦するようになったのである。

書くこと

人間が頭を使うのはごく当たり前のことだが、しかしながら常日頃からクリエイティブな使い方が出来ているわけではない。多くの事がルーチンになっているからだ。例えば、自分の考えを文章にしてまとめる。これは簡単なようで、書き慣れないと意外と難しいものである。しかもそれを公表するとなれば、なおさらである。私が外に向かって書くことを恐る恐る始めたのは、ランニングを始めたのとほぼ同時期である。

職場の先輩が同人誌「農の風景」を立ち上げ、「あなたも寄稿しないか。」と誘われたのが契機だった。同人誌は仲間が金を出し合って隔月刊行する。それを関係業界はもとより、知人や上司に広く読んでもらって、それぞれ何らかの役に立てようというのであった。もちろん書くこと自体が訓練でもあった。しかし、原稿の締め切りが近づくと、いつも慌てることになる。自分の書いた文章を広く頒布することは、心の奥底まで覗き込まれるようで怖かった。それに毎号書くだけの材料を持ち合わせていなかった。それでもしぶとく書き続けた。

書くことは考えることでもあるが、物事を見る姿勢・感性を磨くことでもある。同じ出来事に触れても、表現しようとする意識があれば深く掘り下げようとする。引っ込み思案でかつてなら出掛けるのをためらった会合にも、敢えて出掛けるようになった。書くことが私の行動を積極的な方向に変えてくれたのである。

ちなみにこの「農の風景」は編集者が次々と代わったが、結局四半世紀にわたって発行されることになる。私は同人誌によって鍛えられ、考える習慣を身につけたのだと思っている。「農の風景」の寄稿をもとに、一九九九年には「心豊かな新しい時代のために」を本にしたし、二〇〇四年には静岡新聞社から「スローな気分で生きてみたら」という本を出版している。

ネット社会が定着し始めていた二〇〇五年からは、「山草人のモノローグ」と題してブログを書き始めた。毎日書くことをノルマにし、二〇一九年からは「山草人の老い楽日記」へと引き継いでいる。書くことが、この凡庸な頭脳をいくらか刺激して、なおかつ行動範囲をも広めてくれたのだと思っている。

人と出会うこと

人間は生まれたときは母親の、それから後は家族や友人などとの交わりによって成長していく。特に、職が人を創ると言われるように、どんな職場に身を置くかで人は変わるものだ。実際に私が世間を知ったのは職場だったし、功名も酸いも辛いもその職場で学んだのである。私の職場には多士済々な論客が集まっていた。そんな先輩に誘われて赤提灯をくぐり、飲めない焼酎を飲んで酷いめに遭ったことも度々だった。だが、そんな付き合いの中で「人間」を学んだもの事実だ。惜しむらくは、皆真面目で同質的な人達の集まりだった。それを誇りにも思っていたのだが、自分を変えるとしたらもっと別の世界(コミュニティ)を知ることだと考え始めていた。

ちょうどその頃、ある先輩に誘われて「お茶と水研究会」に参加することが出来た。そこには新興企業のトップを筆頭に、分析会社の研究員や茶商、料理研究家、ベンチャー企業家、発明家、行政関係者などが集まってきていた。お茶と水をテーマに、お互いに学びながら、人生を楽しもうという趣向であったと思う。この会では、研究の成果を「お茶と水」としてまとめて出版したり、幅広い先進地を視察したりと二十年近く続いた。その毎月の研究会に参加することで、私は人の奥深さとおもしろさを知ったのである。

次いで参加したのが「メダカの学校」であった。「面白人立」と銘打ったその集りには、静岡県ばかりか近県からも「おもしろい」人達が集っていて、年に四度の集会には毎回五十人近くが集まるのである。学校は毎回、始業の鐘が鳴ると全員が起立し「メダカの学校は、川の中。誰が生徒か先生か……♪」と斉唱してから「授業」が始まる。先生はあらかじめ指名された生徒が交代で担当する。給食当番もあって、毎回当番の調理したご馳走をグループ毎に頂くのである。メダカの学校の生徒には地域興しに関わっている人も多く、各地で開かれるイベントにも一緒に出掛けるようになっていた。

ともあれ、内向きだった人間が多くの人達と関わるようになったのは、この二つの会に参加した影響が大きかった。

育てること

私の住む屋敷の周りには、親父の残した農地やハウスが残されている。暫く放置されていたハウスだが、これを何とか有効に利用できないかと常々考えていた。桃の促成栽培や野菜作りなどを試みたが、遠距離通勤の片手間仕事だったこともあり、何度も挫折を繰り返した。

それがやがてブドウ栽培に行き着くのである。ブドウは夏の作物（冬は休眠）だから、夏は早朝四時過ぎにはハウスに入って、出勤前に作業を済ませる。早寝早起きの励行で、栽培が可能になったのである。上手く栽培できると今度は欲が出て、品種もあれこれと試すようになる。そしていつしかピオーネ、シャインマスカット、翠峰、サマーブラック、デラウエアなどを定着していった。ブドウは手間はかかるが育て甲斐がある。その頃に書いたエッセーを転載したい。

ぶどう棚の下で

ブドウを作り始めて六年になる。もちろん、ブドウはホウレンソウよりも先輩格である。今ではガラスハウス四棟の六百平米に肌色もスタイルも違う七種類が育っている。彼女らにはそれぞれピオーネ、サマーブラック、甲斐美麗、翠峰、ネオマスカット、カベルネソービニオン、デラウエアという名がある。人間と同じように彼女らの性格はみんな違う。少し豪胆で男性的な骨柄のピオーネ、華奢で優美な甲斐美麗、野放図で粗野なネオマス、繊細で病弱なビアンコ、快活で開けっぴろげなサマーブラック、無口でチビのデラウエアといった具合である。それぞれの短所と長所の織り成すその個性こそが、彼女らと付き合う醍醐味でもある。それに彼女らは、どこぞの御台所様のように文句は言わない。むしろブドウのハウスに入る私を、葉を震わせて歓迎してくれたりする。しばらく疎遠にしたりすると、他所に枝を伸ばしたりするのが何とも厄介なのだが、それは私に落ち度がある。

それにしても、浮気心のまま、あれこれと手を広げすぎたようだ。彼女らが装いを整えていく春先から夏にかけて、私の余暇は絶無になった。毎日、夜明け前に起き出しては、彼女らの肌に触れ続けている。そそくさと仕事から帰っても、目が見える限りは彼女らと一緒にいる。時には夜でも明かりをつけて彼女らのケアに寸暇を惜しまない。

女性上位と言われる昨今ではあるが、私ももっぱら彼女らを頭上に見上げている。毛（枝）繕いや身（房）繕いの手伝いは、彼女らの信頼を得る第一歩である。そして花が咲けば、不妊介助（ジベレリン処理）やら産子制限（摘粒）が必要になる。これが、美人に育てるコツだ。そうはいうものの、春の薫風が心地よくなるのとは裏腹に、私の心身のパニック度はピークに達する。何事もタイムリーが肝心なのだが、とても手が回りきれなくなるのだ。せっかくの美人も、花の盛りを過ぎてから化粧したって、所詮はごまかしに過ぎない。育児も人生も、仕事も皆同じなのだ。それなのに、私には二本の腕しか与えられていない。助人が欲しいのだが、女房殿も雌猫のミーも手はおろか足すら出そうとはしない。それどころかミーなぞは、棚の下を糞場にする始末である。きっと彼女らの所に足繁く通い続ける私への意地悪に違いない。

夏の盛りになると、彼女らはそれぞれの個性を十分に露出させて、自慢げに房を稔らせる。黒い実、黄緑の実、丸い実、ひょろ長い実などと多様な景色が棚の下に広がる。その棚の下に椅子とテーブルを出して、静かに司馬遼太郎を読むのだ。自然の涼が効いてゆったりと心地よく、たちまちにして歴史の立役者の心意気に同化してしまう。そんな豊かさでいっぱいになる至福の一時なのである。

「明日は、いよいよ処女の一粒を味わえる。」と思う頃、決まってショッキングな事態が待っている。翌朝忽然と、熟れた処女のブドウが消えているのである。そして棚の下には、ブドウの皮が小山になって残されている。犯人（獣）は、ハクビシンである。夜行性の盗人は、棚の上から手を伸ばして十分に熟れた実だけを食べ、皮を山積みにして巣に帰っていく。これにはさすがにまいった。悔しいこと限りない。そこで飼い犬のコロを棚の下に繋いで夜警をさせることにした。ところが飼い主に似たのか、コロはからっきしだらしがない。一晩中哀れな鳴き声を上げているのだが、当の犯獣にはさっぱり効き目がない。それどころか脅えきったコロは、三日目にとうとう何も口にしなくなった。

仕方がなく、猟友会に駆除をお願いすることにした。檻の中にバナナとリンゴを置いて誘い込んで捕獲しようというのだが、一週間経っても何の成果も現れなかった。「バナナなんかより俺のブドウの方が旨いに決まってら……」と思いつつ、餌も取り替えて二週間が経過した。「もうやめよう」と罠の撤去を決めた次の日である。檻の中に動物がいるではないか。近づくと歯を剥き出して「キー」と恐ろしい声を出す。「憎っくきハクビシンめ、兵糧攻めにしてくれる！」と二日間そのまま放置しておいた。だが良く見ると鼻が白くない。それにしっぽの毛も所々抜けているではないか。それで「お前はハクビシンか？」と聞いてみたが無言である。そこで「タヌキならタヌキ汁にしっちまうぞ！」と言うと、今度は「ギェー」と叫び声を上げげた。やはりタヌキであった。

ハクビシンには、飽きるまで味わってもらう他はなさそうである。それにしても残ったブドウをどうしよう。近所に配るのにも限度がある。そこに満を持して女房殿下のお出ましである。

朝市で売るというのである。私のブドウは結構評判が良いのだそうだ。もちろんその収入はすべて殿下の懐に納まってしまう……。夜明けのひとときを彼女らとずっと過ごしてきた私には、何の恩恵もない。早起きは三文の得というのに、私には一文にもならないのだ。

間尺に合わないから仲間を呼んでパーティーを開くことにした。私の愛したブドウを食べて、ついでにワインも飲んで貰おうという趣向である。初秋の一日は朝から賑やかなものになった。走友会の仲間や日頃からお世話になっている皆さんとの交流が夜まで続いた。私がホストで、たわわに実ったブドウがホステスであった。（終わり）

ともあれブドウ栽培は、春から初秋で終わってしまう。秋から春の期間に育てられる作物はないか。これも小松菜や青梗菜など試行錯誤の末、ホウレンソウを毎週蒔くようになった。ブドウのない七カ月間は、ホウレンソウを育てるのである。

第四節　さらば仕事人間

「走る」「書く」「会う」「育てる」の四つのことが偶然にも上手くかみ合って、私の日常は徐々に変わり始めていた。周りの人達は、どうせ三日坊主だろうと見ていたが、私は「自分を変えること」を公言することで退路を断った。仕事で手抜きをしたわけではなく、むしろ仕事の効率は上がったかも知れなかった。

いつしか、スポーツ音痴だったはずの男がウルトラマラソンを走り、書きためた文章を本にして出版し、付き合いの幅を大きく広げ、家に帰ればブドウやホンレンソウを育てている。頼まれて講演することも増え、ひと昔前と違い、かなり前向きな人間になっていたのである。振り返ってみれば、私にとっての四十歳までの人生は、それは人生の黎明期に過ぎなかったのである。男の寿命が仮に八十歳だとすれば、前半の四十年はまさに後半生の準備期間だった。人生の味わいというか、人生の充実は断然後半生にあるのだ。よちよち歩きの子どもから学生時代は、この人間社会に顔を出したに過ぎなかった。青春時代にしても、就職・結婚など紆余曲折があったにしても、しかしそれは来し方を俯瞰してみればやはり後半生のための準備期間だったのではないかと思うのだ。

走ることが変えたもの

私が走り始めたのは自分の生活を変えたいと思ったからだが、最初は手探りだった。バブルが崩壊して地価も株価も暴落し、この国が大きな転換点を迎えていた。それでも多くの人達が「やがてかつての成長軌道に戻る」と半ば信じようとしていた。しかしいつの時代でも、コロナ禍もそうであるように転換期はチャンスでもある。当時、この際自分の生活も変えるべきだと考えたのは正解だった。ただ、具体的にどう変えたら良いのか分からなかった。そして試行錯誤が始まるのだが、「走る」ことが、後半生を豊かにしてくれたと思っている。

それは、昼休みに五キロ程度をジョギングすることから始まった。現に多くの人達が駿府公園のお堀の周りを走っていたし、最初は「俺も真似してみよう」と軽い気持で始めたのである。しかしそれが一カ月程も続いた頃には、体の元気が仕事の活力にも繋がることを実感していたし、考え方も前向きになって行くのを感じていた。

ジョギングからマラソンへの転換には、それ程時間はかからなかった。最初の挑戦は前述したハーフマラソンだったが、自分の体力の脆弱さを自覚させられることになった。しかし人間は「今度こそは……」と奮起するから不思議なものである。走り込みなど入念に準備すると、明らかにレース展開は違ってくる。すると今度は、「もっと速く」と欲が出るのである。そんな具合で、いつしか各地で開かれるフルマラソン大会に参加するようになっていた。

そんな折だった。休日に近くの山裾を走っていると、一人のランナーから呼び止められたのである。その人の良さそうなランナーはKと名乗り、

「俺達はこの山の中を走っているのだけど、どうせ走るのなら、あんたも一緒に走らんかね」

と誘ってくれたのである。その翌週、恐る恐る指定された場所に行くと、そこには四十代の男が十人近く集まっていた。小笠山ランニングクラブのメンバーであった。週末の朝に集まって、二時間程度山の杣道を走る。走り終わると輪になって四方山話をするのである。その何でもない無駄話が、体を動かした爽快感と共に心身のリフレッシュにもなっていた。それまで単独で参加していたマラソン大会にチームの仲間と出かけることが多くなり、お互いに切磋琢磨するようになっていた。一人で走る孤独なマラソンが、いつしかワ

イワイと楽しむイベントの場へと変わっていたのである。

走ることは単調な作業に過ぎないが、意外な効用があった。心が落ち込んだり悩んだりすることがあっても、走ると心が軽くなっていく。一歩一歩前に向かうことが、挫けそうな自分を支えてくれるのである。悩みを抱えていても、「何だ、そんなやり方があったのか」と走りながら意外な解決方法が閃いたりもする。

やがて、仲間の何人かでウルトラ一〇〇キロマラソンに挑戦することになった。フルマラソンを走るのがやっとだったのに、一〇〇キロの世界がどんなものか、どうしても体験したくなったのだ。二年後の挑戦を想定して、日々の走行距離を伸ばしていった。休日の長距離走や通勤電車でも座らないなど、目標が出来ると自ずと行動も変わってくる。そして二年後、感涙と共に目標を達成したのだが、その時書いたエッセーを読んで頂きたい。

一〇〇キロ・ウルトラマラソンへの道

午前五時の八ヶ岳山麓。夜明け前の薄暗い冷気の中で、ランナー達の長い一日が始まる。スタート地点の野辺山は標高千三百メートル。ここから八ヶ岳に向かって、ひたすら林道を登っていく。標高二千メートル地点まで登ってからは、小海町まで一気に駆け下る。南相木村からは再度登りが延々と続き、最大の難所である馬越峠に達する。この峠を下って二十キロの地点にゴールがある。急なアップダウンが続くこの大会は、ウルトラマラソンの中でも最も苛酷なレースとして知られている。

私が、ウルトラマラソンへの挑戦を決意したのは二年前である。それ以来、月間二百キロ以上のトレーニングを自らに課してきた。猛暑の続いた年も、山の尾根を登ったり下ったりと、自分でも呆れるほどに走り続けた。そして臨んだのが第二回「八ヶ岳野辺山高原一〇〇キロ・ウルトラマラソン」であった。だが、私の準備と意気込みは、無残にも打ち砕かれてしまった。翌日のレースの受付を済ませて旅館に入ると、そこには義父の訃報が届いていたのである。急遽三百キロの夜道を引き返して、あれからまた一年が経過している。

夜明けと共に緑色が次第に濃くなっていく牧場を抜け、コスモスの花が続く小道を走りながら、二年間のさまざまな出来事を思い出している。

スタートから四十キロくらいまでは快調な走りである。しかし、登り下りを繰り返すうち、次第に体力を消耗して体が重くなっていく。走っている最中、心を癒してくれるのは、道端の花々や、「どちらからですか?」などと始まるランナーとの会話である。それにしても、マリーゴールドやラベンダー、ゼラニウムや松葉菊、ケイトウなど、道端に延々と花が続いている。もうすぐ訪れる白銀の世界を前にして、植物達が秋を競うかのように自己主張している。整然と広がる高原野菜の畑や稔りの秋を迎えた山里のたたずまいも、重い足を前に運ぶ大きな原動力になる。馬越峠の登りではさすがに走ることが出来ない。そんな中、「がんばろう！」と幾人かのランナーが声を掛けてくれる。みんな苦しさを紛らわせようとしているのだ。それでも限りなく続く急勾配の登り坂を前にして座り込み、一人また一人と車に収用されていく。やっと峠に辿り着いてほっとする間もなく関門時間に急き立てられ、一緒に励まし合ってきたランナーを残して、一人で峠を走り下る。硬直した足は、着地するたびに激痛を伴っている。坂を下りきる頃には、辺りは暗くなり始めていた。最後の十キロは、だらだらと登りが続いている。真っ暗になったその道をただ一人、黙々と歩くように走った。関門時間に追われながら、一キロがとんでもなく遠く感じられた。それでも精魂ふり絞ってひたすら足を運ぶ。

野辺山駅のコーナーを曲がると、ゴールの光が大きく浮かび上がってくる。目標への到達を目前にして、義父の病にもかかわらず長野に出掛けて親類の冷たい視線を一身に浴びた通夜のこと、ウバメガシに覆われた山の中でのランニングの日々などが走馬灯のように浮かんでまぶたの裏を熱くする。午後七時数分前、アナウンスの声と大勢の拍手の中、まばゆいゴールゲートをくぐり抜けた。わずか十四時間の、そして二年間の結実の一瞬であった。

宿に戻って風呂上がり、正面の鏡の中の自分と目が合った。いつになく爽やかな自分との体面は、温かな感動と充実を実感するのに十分なものであった。

ウルトラマラソンは、一〇〇キロを舞台にした人生そのものである。その舞台に立った私を、車のクラクションを響かせて励ましてくれた農家の親父さん、両手いっぱいに果物を持ってきて「食べてきな！」と激励してくれた沿道のお母さん、「タオル、使ってください！」と走り寄ってきた小学生、真っ暗な中で懐中電灯を照らして声援してくれた方々、本当にありがとう。そんな数多くの人々に助けられて、ゴールまで辿り着いた私である。今、明日からの道でもあるこの一〇〇キロの道程を、将来への着実な歩みに結実させていきたいと考えている。（終わり）

……以上がその時のエッセーである。それからというもの、私はウルトラマラソンの虜になってしまった。一月の宮古島に始まって、四月の富士五湖チャレンジ、五月の八ヶ岳野辺山、六月の隠岐の島、七月の日光、九月の丹後、十月の浜名湖、十二月の南伊豆などと、ウルトラマラソンを渡り歩くようになっていた。そしてそれぞれ十回完走者に与えられる称号、八ヶ岳野辺山高原ウルトラマラソンではデカフォレスト、歴史街道丹後百キロウルトラマラソンではTI-TANを獲得したのである。

絶頂期は、そのあたりだったのかも知れない。七十代に差し掛かる頃から変調が現れ始めていた。かつて気にすることもなかった関門の制限時間に引っかかるようになったのである。ウルトラマラソンでは一定の距離毎に関門時間が設定されていて、時間内に関門を通過しなければ、そこでレースは打ち切られてしまう。その関門に、しばしば引っかかるようになったのである。それまでは、制限時間が近づいてもいざとなればダッシュが出来た。しかし、そのダッシュが出来なくなった。誰の筋肉にも速筋と遅筋とがあって、歳と共にその速筋の部分が劣化していくのである。ゆっくりと継続する筋肉は健在でも、速く走る筋肉が減っているのだから自ずと無理が効かなくなっていたのだ。

第五節　小笠山

小笠山は、東海道線の掛川から袋井駅の南方に広がる丘陵で、標高は二六四メートルにすぎない。丘陵の成立は百万年ほど遡る。かつては大井川は掛川駅付近で太平洋に注いでいて、そこに出来た大きな三角州が隆起して今日の小笠山丘陵になったとされ、六千ヘクタール余の広がりを持つ。それはともあれ、丘陵には五本の痩せ尾根が山頂から伸びており、私達はその尾根を走っているのだ。

私のランニングの拠点は、まさにその小笠山である。二十年ほど前、Kさんに誘われて以来通い続け、定年退職以降はほぼ毎日ここを走るのが日課になっている。登り下りがあって、この二十キロ近くを走るのはかなりの運動量だ。私の体力の源泉はこの痩せ尾根にあると言える。春は新緑と共にササユリやヒカゲツツジが咲き、秋にはさまざまな菌床類が生えるが、何よりなのが緑のトンネルだ。尾根道はずっとウバメガシに覆われていて、夏は日陰に、冬は風避けになってくれる。その絶好の杣道を黙々と走り続けてきたのである。そしてイベントとなると、ここからウルトラマラソンなどに出掛けるのだ。

毎日走る。それが習慣化して既に三十年近くなる。一日にすれば十数キロに過ぎないが、それが積み重なると一年で約四千キロ余になった。この過去三十年間を通算すると、全走行距離は十二万キロである。自分の二本の足で、この広い地球をかれこれ三回転も走ったことになるのだ。だからといってどうということもないが、継続はまさに力なのである。

人間などというものは、総じて飽き性なものである。現実に受験勉強も日記も、早寝早起きすら続かなかった私である。それが四十歳を過ぎて、幾つかのことを少しずつ続けられるようになった。その要因は、神の啓示だったのかも知れないが、「俺の人生、このまま終わって良いのか」との気持だったのだと思う。そして今では、コツコツこそが人生のコツだと信じている。

いつしかウルトラマラソンを走るようになっていた。そのおもしろさは、やはり自分の限界に挑戦する醍醐味だろう。ウルトラマラソンの一〇〇キロを走り切るには、二十万歩ほど足を進めなければならない。そしてその間に、天候の急変だったり、思わぬ出会いだったり、自分に負けたり、関門に遮られたりとさまざまなドラマが起こるのである。それはまさに人生の如くと言ってもいいだろう。朝から晩まで黙々と走るのだから、走っている間に人生を考えるのもごく自然なことだろう。ともあれ、マラソンにしても登山にしても、自分の足で一歩一歩進む他に目標に到達する手立てはない。人生とて同じ事だと、三十年掛けてマラソンから学んだのである。

馬齢とは良く言ったもので、往年の駿馬もいつしか引退しなければならない。古稀を迎えたとき、自分の引退レースを考えた。実はそれが砂漠の二百五十キロを走るグレートレースであった。今ならまだ出来る、今しか出来ないと思ったのである。そしてナビブ砂漠に立ったのが二〇一八年の春だった。それを小説にしようと取り組んだのが「砂漠のファンタシア」だ。多分にフィクションではあるが、一つの人生の見どころを創ったつもりである。

第六節　三万里と人生

比叡山延暦寺には、ほぼ七年間かけて四万キロを歩く千日回峰行と呼ばれる天台宗独特の修行がある。この行を成し遂げた者には、大行満大阿闍梨という尊称が与えられるという。この千日回峰行を成し遂げたのは、この四百年で四九人しかいないらしい。

私は三十年掛けて十二万キロを走った。当然ながら尊称を与えられるはずもなく、貧相で痩せこけた、ただの爺のままである。毎日のように険しい山道を二十キロ近く走っているのだから無駄な贅肉などない。比叡山の千日行者と比べるのは無理があるが、人間として多少は粘り強く我慢強くもなっているだろうと思う。

ともあれ、平凡な日常の中で日々を充実させるのなら、時間があっという間に過ぎるような「何か」をやっていることだ。ランニングも作物を育てることもその一つであって、それは一種の馬鹿になれる時間なのである。人から何と言われようと、馬鹿になりきってそれを続けることが肝心だと思っている。


人は誰もその与えられた時代を生きなければならない。そして私に与えられたのは、戦後の団塊の世代の一人として熾烈な競争の時代を生きることだった。今になってみれば、戦後の復興から高度経済成長期、バブル崩壊以降の失われた二十数年余、ＩＣＴ（情報通信技術）勃興期を生きてきたのである。

この間私が濃厚に関わってきたのは、この国の農業の変遷であったといえる。農家の長男として産まれ、その宿命として親父の後を継いで、田を耕して一生を終えるものと思い込んでいた。だから当然農業高校に進むはずだったが、なぜか教師のすすめで進学校の磐田南に学び、静大に進むことになった。そして卒業を迎えたのは昭和四十五年、いみじくも米の生産調整（休耕政策）が始まった年だった。水田稲作を基礎にしていたはずの瑞穂の国の農業に暗雲が覆いはじめ、それでも農家の人々は未だ米価闘争に希望を託していた。

その年、親父の後を継いで農業に就業するのを止め、県の職員として農業の変遷に関わることになった。そしてその与えられた使命は、細々と食いつなぐ家業としての農業から、自立した農企業体へとその産業構造を転換させることだった。

いつだって、先を見通すことは難しい。それでも先が見えないながら、「三ちゃん（爺ちゃん、婆ちゃん、母ちゃん）農業」と言われ始めた農業の行く末を見つめ続けて、これを何とかしなければと半生を過ごしたのだ。県に就職し、農政に携わった昭和四十五年当時、「選択的拡大」などと複合経営が推奨されていて、農業構造改善が大きなテーマになっていた。何カ所かの出先機関（現場）を経て、私は程なくして農政の中心である企画部門の主査・主幹として、その舵取りを担うことになっていた。時代は家業としての農業から農企業への転換の黎明期に入ったところで、「先進的農業経営体」を育てることを旗印に、県産業（農業）発展ビジョンを掲げて邁進していた。だが、旧来の家族経営農業、戦後の小作解放に伴う農地への執着、食糧管理法など、新たな農業への転換は容易ではなかった。

時代の大きな転換期が、平成二年八月のバブル崩壊だった。土地本位制とも言われた土地の（農地も）価格が暴落し、株価暴落と共に人々の考え方も「物より心の豊かさ」を目指す契機となったのである。このバブル崩壊は、男の人生をも大きく変える契機になった。それまでの「24時間戦えますか！」といった企業戦士の一人から、自分の内面への充実へと大きく舵を切ることになったからだ。仕事漬けの毎日からいかに抜け出すか。それはサラリーマン人生の大きな転機だった。そして自分の生活を変えるために四つのことを始めていた。それは体を動かす（走る）ことであり、書く（自分の考えを活字にする）こと、色んな人々に出会う機会を作ること、そして作物を育てることだった。

あれから三十年余が経過し、かれこれ三万里（地球三周）を自分の足で走ってきた。同人誌に投稿してきた文章が稚拙ながら何冊かの本になり、ブログ（山草人の老い楽日記）も四千日余り書き続けている。さまざまなコミュニティに加わって、思いもかけない多くの知己を得た。今ではブドウとホウレンソウを育てるセミプロの園芸家である。さすがにこの三十年余の時の流れと蓄積は大きいと実感している。ともあれこの間この国の農業は、明らかに企業へと変遷しつつあり、自らが進めてきたことは間違っていなかったと思う。

齢七十有余年、来し方をつらつら考えると、走馬灯のようにその時代の絵巻が見えるのだが、当人はただただ必死に生きてきただけである。仮に江戸時代にタイムスリップしたとして、そこの町人や武士に「今は、江戸時代か?」と訪ねてもチンプンカンプンなように、自分の生きた時代は後にならなきゃ分からないのだ。人が生きるとはこのコロナ禍の時代がそうであるように、先行きを見通せないにしても、「今」を懸命に生きることなのだと思う。人生とは、今・ここ・自分だということを自覚したい。人は、自分の人生を生きてこそ、初めて報われるのである。

著者の主な履歴

昭和二十二年十月　遠州の片田舎（南御厨村）に生まれる
昭和四十五年三月　静岡大学卒業
同年四月　静岡県庁に奉職
平成十四年四月～平成一六年三月　県中遠農林事務所長
平成十六年四月～平成一八年三月　県農業水産部農業総室長
平成十八年四月～平成一九年三月　県農林技術研究所長
平成十九年四月～平成二十年三月　県産業部理事（産業部長代理）
平成二十年七月～平成二三年六月　県農業信用基金協会専務理事
平成二三年四月～平成二六年三月　磐田市自治会連合会副会長
平成二三年七月～平成二八年六月　県信用農業協同組合員外監事
平成二四年六月～平成二七年七月　磐田東学園（中学校・高等学校）理事長

川島安一（山草人）

1947年、静岡県磐田郡南御厨村に生まれる。

静岡大学卒業後、静岡県職員として主に農業分野に勤務。バブル崩壊を転機に、ランニングなど人生を多角化する。2004年には静岡新聞社から「スローな気分で生きてみたら」を出版。

40才から始めたランニングは、やがてウルトラマラソンに出場するほどに。グレートレース（ナビブ砂漠やNZ）にも挑戦。古稀を越えた今日までにおよそ12万キロ（地球三周に相当）を走って来た。

ブドウやホウレンソウを育てるファーマーでもあるが、毎日小笠山の尾根道を走るランニングは欠かすことがない。

砂漠のファンタシア

2021年11月30日　初版発行

著者・発行者　山草人（川島安一）

発売元　静岡新聞社
〒422-8033　静岡市駿河区登呂3-1-1
電話　054-284-1666

印刷・製本　藤原印刷株式会社